神劍傳奇

張一弘——著

致我的好朋友張潔

目次

第一章

1

「天哥哥，起來啦，我們去玩。」一個人這樣叫天賜，邊叫邊搖他的胳膊，天賜就這樣醒了過來。

他看看窗外，太陽的高度已接近正午，但是他還覺得困。這陣子他怎麼睡也覺得睡不夠。叫醒他的是鐵匠老李的女兒，叫月兒。月兒比天賜小兩歲，今年八歲大。不知從什麼時候起，至少已經有一年了吧，月兒開始粘著天賜，幾乎每天都來找他玩。月兒後面還站著她的表弟，六歲的阿豬。天賜起來走到門外，從水缸裡舀了水洗臉，又進屋從架子上拿了他娘孫大媽放在那裡的烙餅吃了兩塊。

月兒迫不及待地問說：「今天我們要去哪？」

和月兒去玩其實挺無聊的，但天賜也沒有別的事要做，姑且把這事當作打發時間的方法。

天賜說：「還是去爬後山？」

月兒說：「好啊好啊，昨天我們從那個路口往左走，今天我們試試往右走吧。」

天賜點頭說好。三個小孩就從天賜家裡出來。

三人往後山的方向走。路過陳獵戶的門口，看到陳獵戶的老婆在那裡擺了一個攤，賣陳獵戶昨天打的野豬肉。看到天賜他們，陳獵戶的老婆笑說：「喲，你們又一起去玩啊？」

天賜應了應，又問還有沒有他上次買的乾肉，他想再買一點。陳獵戶的老婆就從屋裡拿了兩塊乾肉給他，收了他一枚銅錢。

路過李鐵匠的門口，裡面傳出打鐵的聲音，月兒朝裡面喊了一聲：「爹，我和天哥哥去玩了。」片刻李鐵匠走出來，對天賜說：「又去爬山？路上要小心。我給你的那把木劍帶著吧？」

天賜從腰帶從抽出木劍，揮了揮說：「木劍在此。」

路過錢掌櫃開的客棧，錢掌櫃的兒子錢二，一個十二歲的小胖子，朝天賜喊了一聲：「喲，娘娘腔，又跟小妞去玩？」

天賜不理他往前走。錢二又叫說：「天賜過來一下，我有一點好東西要給你。」

天賜說：「又想耍我？上次騙我說是糖，結果是辣椒麵，我不會再上當了。」

錢二說：「你不信就算了，反正你會後悔。」錢二在村裡的小孩中算是一個惡霸，見誰不順眼就打誰，但這兩年他對天賜算是客氣，因為他們之前打過一架，八歲的天賜對十歲的錢二，結果打成平手，那之後錢二就不敢輕易對天賜挑釁。

這個村子的十來戶人家是天賜認識的全部人。這個村子座落在一個山谷裡，村前是一座山，村後也是一座山，有一條小道從前山繞過去，但天賜從來不知道這條小道通向哪裡。可能因為地點隱蔽的緣故，幾乎從沒有外人來過這個村子，而村子裡的人也很少出去。天賜只記得一兩年前有個行商人從外面進來，在村子裡待了一個月就走了。那時天賜幾次去找這個行商人說話，得知了一點外面的世界的信息。似乎從這個村子出去往北，走兩天的路可以到一個縣城，縣城比這裡熱鬧多了，前後有幾百戶人家。從縣城再往北，騎馬走三個月，可以到王都，那座大城的規模，又是縣城的百倍。現在的王名號羌，在位已經十幾年，據說是個脾氣暴躁的人。但是他女兒詠寧公主，據說長得美麗，性格和她父親不一樣，溫柔善良。不管羌王或是公主，行商人這樣的小民就算去了王都，也沒機會親眼見一見。他只知道，這個王國的全部土地，包括這個小山村，都是在羌王的統治之下。天賜聽行商人這麼說，腦袋裡也想像不了這些情景，因為他所知道的世界只有這個小山村。

天賜帶著月兒、阿豬往後山走，經過天賜他家的田，看到孫大娘在那裡種莊稼。

天賜從後面叫她說：「娘，我和月兒去後山玩。」

孫大娘直起腰轉身看天賜，說：「哦，別玩得太晚，太陽下山前要回來。」

天賜說：「知道了。」

再走過兩塊田就到了後山腳下。有一股溪水從後山上流下來，離溪水不遠有一條砍柴人修的小道，可以順著往山上走。後山裡林木茂密，一直都有鳥的叫聲從不知哪裡響起。除了鳥，後山還有不少動物，有野豬，有山貓，有猴子，所幸沒有什麼猛獸。上一回天賜和月兒好像走進了一個猴子的地盤，有幾隻猴子來圍攻他們，天賜揮一揮木劍就把牠們趕跑了。在後山比較危險的是迷路，因為山裡哪和哪看著都一樣，都是樹，如果偏離了砍柴人的小路很可能走不回來。有一回他真的和月兒迷了路，到了天黑也走不出去，村裡的人都上山來找才找到他們。那之後再到後山來玩他們就不敢離開小路太遠。對天賜來說，這山裡好玩的地方是有很多果樹，一些果子他都叫不出名字，但都可以採來嘗嘗。對月兒來說，她更感興趣的是路邊這些野花，看到一叢她就要蹲下來看一會兒。

這天也是一樣，進了山裡不久後，天賜就發現了一棵掛著果子的果樹。他就爬上樹去採，採了就直接坐在樹杈上吃。

這時忽然聽到月兒叫他：「天哥哥，快來！」

天賜往下一看，跳下樹來。月兒抱著阿豬好像對什麼很害怕的樣子，再一看，他們前面兩步遠的地方有一條蛇，停在雜草裡。

天賜說：「不用怕，有我。」說著抽出木劍揮了揮，那蛇跟著木劍動，天賜看準時機，用木劍往蛇頭上敲下去，那蛇立刻暈了。

天賜就把蛇裝進腰間的布袋裡，說：「這個可以讓我娘晚上熬湯。」

月兒鼓掌笑說，「天哥哥好厲害！」又說：「天哥哥的劍術是跟誰學的啊？」

天賜說：「跟誰學的？這個村子裡有誰能教我劍術嗎？」

月兒說：「可是我看天哥哥舞劍的樣子，真的好像在哪裡學過似的。」

天賜說：「我一出生就在這個村子裡，到哪裡去學？」

月兒說：「可是我聽大人說過，天哥哥其實不是在這個村子出生的。」這個傳聞天賜也聽說過，但是他自從有記憶開始就是在這個村子裡，如果真是從別的地方來的，那也是他極小的時候的事了。

走到一處山崖邊，一個陡坡下去就是村子所在的山谷，從這裡可以看到村子的房子沿著山谷的走勢呈曲線排開。月兒一邊哼著一首童謠一邊帶著阿豬在旁邊的草叢摘花，天賜坐在坡頂，看著山下的房子。整個山谷顯得很安靜，似乎沒有什麼動亂會影響到這裡。天賜覺得在這個村子生活得很安逸，雖然有時會覺得生命裡好像缺少了什麼。這個安逸的村子和他內心裡的某種鼓動似乎不大相符。但即使如此，他從沒想過要離開這個村子，好像覺得即使到了外面的世界，他也未必能找到他心裡尋求的東西。

晚上回到家裡，天賜把打到的蛇交給孫大娘，又問她說：「今天月兒告訴我，她聽說村裡的大人說，我不是這個村子出生的。娘你能告訴我是怎麼回事嗎？」

孫大娘說：「誰說的？別聽他們亂說。」但看天賜盯著她，她又側過臉自言自語似地說：「也差不多是時候了吧。」

「娘，你說什麼？」

孫大娘轉頭看天賜：「別問了，天賜，時候還沒到，到了我會告訴你。」說著不想再繼續這個話題似地，拿著蛇向竈臺走去。

第二天也是安逸的一天。按月曆這天是到王秀才的家裡習字的日子，所以月兒沒來找他。天賜起床自己到王秀才家，跟著其他五、六個小孩一起習字。但天賜顯然對習字不感興趣，王秀才發給他們筆墨和紙叫他們練字，天賜沒寫字，只是在上面畫了一隻豬，被王秀才訓了一頓，旁邊的小孩包括月兒都鬨堂大笑。和月兒從王秀才家出來，到溪邊摸魚玩，太陽西斜時才回家。

到家裡看到孫大娘在家裡，田裡的活似乎已經幹完了，她正坐在板凳上編草鞋。天賜說：「娘我來幫忙吧。」過去坐在地上，拿起麥稈也編起來，一邊編一邊說：「今天在王秀才家習字，我沒寫字，只是在紙上畫了一隻豬，被王秀才訓了一頓。」

孫大娘說：「那是你不好，王秀才教你什麼你應該好好學。」孫大娘這麼說時心不在焉的樣子，口氣像是根本不關心這件事。

接著就是天賜命運轉折的一刻。天賜在那裡和孫大娘編草鞋，忽然聽到村口的方向傳來一些吵鬧聲，兩人正往外看，就見李鐵匠的老婆慌亂地跑進來。她抓住孫大娘的袖子叫說：「快，快躲起來，羌王的兵來了，是黑鴉隊，來找天賜的。」

孫大娘聽了臉上露出嚴峻的神色，轉頭看了一眼天賜說：「這就來了嗎？真可惜啊，真想和天賜再一起生活幾年。」

說著她快步走到牆角，踢開一個罐子，又打開一個木蓋，那裡原來有個地下室的入口。孫大娘接著過來把天賜拉到入口邊，把天賜放下去，神色凝重地對仰視著的天賜說：「天賜，聽到沒聲音以後，數一百下再出來。」又說：「下面的話你聽好。我不是你親娘，你的親娘是龍族的公主，龍王的女兒哈塞爾，你的父親姓度，你是龍族的後裔，你身上是半人半龍的血統，與龍族有仇的邪王拉達一直想找到你，除掉你。其他的我來不及和你說了，你以後自己去打聽。」說著從懷裡掏出一樣東西扔給天賜，說：「這塊玲瓏玉是你母親把你交給我時一起給我的，是龍族傳承的祕寶，能證明你的身世，你要收好。這個村子保護了你十年，今天這使命也算到頭了。」

說完孫大娘就把木蓋蓋上，天賜透過木蓋的縫隙還能看到一點外面，但孫大娘又把一個罐子擺上去，地下室就全黑了。天賜站在黑暗裡，手中攥著那塊玉，心裡又急又怕，又不敢動，只能屏息聽著外面的聲音。隔著木蓋，天賜聽到人的叫喊聲，摔碎東西的聲音，還有一種尖銳的像是什麼怪鳥的叫聲。大約一炷香的時間過去後，所有聲音都沒了，只剩一片寂靜。天賜照孫大娘告訴他的，數了一百下後，才踮腳推開木蓋，從地下室爬出來。

他往門口望去，看到孫大娘的身體倒在門邊。他走過去，把孫大娘的身體翻過來，讓她面朝上。孫大娘睜著眼睛，但對天賜的動作沒有反應。天賜伸出手指放到孫大娘鼻子下，沒有氣息。再看孫大娘身體上的血跡，是被砍了一刀，又被利器刺穿。毫無疑問，孫大娘被人殺死了。天賜心裡悲憤難當，他想馬上跪下來大哭一場，但有什麼告訴他他還有事要做。

天賜走出屋子，順著村子的小路挨家挨戶看過去。這時是黃昏時分，天邊被夕陽照著的雲朵像是被血染紅的，夕陽所照到的一切地方也像是籠罩在血光之中。天賜一直走到村頭也沒找到一個活人。所有人都死了，陳獵戶、李鐵匠、錢掌櫃、錢二、王秀才，村子裡全部二十幾口人，都倒在血泊裡沒有了氣息。在幾具屍體旁天賜發現了奇怪的黑色羽毛，一乍長，毛質剛硬。把一片羽毛拿在手中看著，天賜想起剛才的情景，李鐵匠的老婆跑來報信時說到什麼「羌王的兵」、「黑鴉隊」，這肯定是從他們身上掉下的。掉下這羽毛的無疑就是殺死了村人的兇手。天賜把羽毛放進腰間的布袋，回想李鐵匠的老婆跑進他家不過是不到一個時辰之前，那時大家還活著。現在所有人都死了。他們做了什麼？他們犯了什麼錯，要有這樣的遭遇？還有孫大娘最後告訴他的話，關於他的身世，他從來沒聽過這些事，現在一點也不明白。悲憤和混亂交集在心，天賜想要跪下來哭一場，但忽然他又想到，剛才一路看過來，好像沒有看到月兒的屍體。心裡閃過一線希望，天賜又回頭去找。到了李鐵匠家，前後找了一圈，果然，只有李鐵匠和他老婆的屍體，沒有月兒的。那麼月兒還活著？這一絲念頭讓天賜在這慘狀中感到了難有的安慰。

天賜拿鋤頭在他家後面刨一個洞，準備把孫大娘的屍首埋了。他想可能他不能埋掉所有人，但至少要把孫大娘埋了。就在那裡刨土的時候，他忽然聽到靠近的腳步聲。他轉頭看過去，在天色的餘暉之中他能分辨出一個提著燈籠的人影。那人在離天賜兩步遠的地方停下腳步，說：「這村子裡是只有你一個活人嗎？」

天賜說：「是。你是誰？」

那人把燈籠提高，天賜在燈籠的光亮中看到一個白鬍子老人的面孔。老人說：「上月我在夢中見到異象，說蒼狼星下會出一個少年，當邪王支配大地的時候，他將拔出神劍消滅邪王。我追著蒼狼星來到這個村子，既然這裡沒有別的活人，看來這個少年就是你了。」

天賜說：「今天來了一群羌王的兵，把村子裡的人都殺死了。娘把我藏起來，自己卻被殺了。我正在幫她挖一個墳。」

老人說：「既然如此，不管你是不是背負蒼狼星的少年，我都要帶你走了。」天賜問：「你是誰？」

老人說：「世人稱我為劍尊，從今往後你要叫我師父。」

2

田非寫完這一段，感覺可以先停筆了。他拿起放在電腦一側的手機看了看，下午四點三十分，沒有新消息。再看餐廳裡，比他進來時多了許多人，已經開始有人來吃晚飯了，粉色和綠色調的義式餐廳大廳裡四處是人的面孔。他後面的座位不知什麼時候來了四個女生，從剛才起他就一直聽到她們嗒嗒的笑聲。他轉頭瞄了這幾個女生一眼，都是二十歲上下的年紀，應該是京大的學生。然後他往窗外望出去。這是一個五月的晴天，他所在的薩莉亞餐廳在樓下這個叫百萬遍的路口的西北邊，斜對面的東南邊，在樹蔭立著一些整齊的樓房，都是四五層高，灰色的樓身，那裡就是京大的校園。

田非合上電腦，把電腦收好放在座位一側的單肩背書包裡。看桌上的杯子裡還有三分之一杯蔬菜汁，他拿起來兩三口喝乾。然後他背起單肩背書包，拿上小票，到前臺付款。他一下午只點了一份飲料自取，兩百九十元。這棟建築有四層，三和四層是可以當網咖可以唱歌、可以看漫畫的快活俱樂部，二層是薩莉亞，一層是便利店7-11。出了薩莉亞，下樓梯，來到百萬遍路口，田非等了一會兒紅燈，綠燈時往京大的方向斜穿過去。今天倒沒有非要去研究室不可的理由，只是下週的組會要看的材料他還沒打印出來，雖然不是今天就要看，但總是惦記著。

從西北門進了校園，沿著林蔭道往前走，到了第二個分岔口往左拐，走過一棟樓後，下一棟就是文學部的樓。這很好認，樓下大門旁邊掛著牌子寫著「文學部」。田非走進去，從大廳坐電梯上到五樓，穿過走廊，來到走廊的最後一間房間，門上掛著牌子寫著「北川研」。這就是田非所屬的研究室。他推門進去，迎面的房間裡放著一張能圍坐十二人的大桌子，周圍都是書架。有一個學生這時在大桌的一角正襟危坐，表情嚴肅地低頭看著面前的書，另一個人坐在靠窗的一張小桌邊，也在看書。兩人聽見聲響轉頭朝田非看了一眼，立刻又低下頭看自己的東西。坐在大桌一角的是田非的學弟，比田非低一年，也是個中國人，叫簡洋。坐在窗邊的是助教加藤清，他在這裡類似辦公室的管事。他們沒和田非打招呼，田非也沒出聲，只是坐下來，拿出電腦，連上研究室的網路，打開資料來打印。把資料傳給印表機後，印表機響了兩聲，田非過去一看，小螢幕顯示沒紙了，田非就打開一旁放打印紙的抽屜，給印表機添了紙。看到抽屜裡的打印紙只剩下一包，田非轉頭對加藤說：「加藤，打印紙快用完了喔。」

加藤擡頭看他說：「你們用紙用得太多啦。省著點用，沒必要打印的就不要打印好不好？」

田非應說：「瞭解。」

把打印好的材料收進書包，田非走過去，瞄了一眼學弟在看什麼書。

看到了書名，他用漢語說：「又在看和辻？」

簡洋聽了說：「對，關於他說的人間性還有一點不明白的地方。」眼睛沒從書上移開。

田非說：「這兩天天氣不錯，有沒有興趣明天去爬個山？」

簡洋伸了個懶腰說：「不行，明天小桃有一個國內的朋友來看她，約了要和她去陪那個朋友。」

小桃是簡洋的老婆，姓邱名桃，是拿家屬簽證來日本陪簡洋讀書的，和田非也認識了三四年了。

田非笑了一下說：「聽你的口氣，好像不怎麼想去？」

簡洋說：「是不想去。與其導遊一樣帶他們去逛那些景點，不如在家裡睡覺。」

田非背著書包從研究室出來，下了樓，還是從西北門出校園。過了百萬遍路口，沿著東大路往北走約十分鐘，過了叡山電車的鐵軌，從第一個路口往左轉，再走五分鐘就是田非住的公寓。但他想起來他冰箱裡沒什麼東西了，所以沒直接回家，而是繞到隔著一條街的食品超市生鮮館中村里前店去買東西。從門口拿了籃子進門，對著門的是今日特價的水果。即使是特價，哈密瓜、芒果、櫻桃、枇杷這些水果還是貴得嚇人。田非這樣的窮學生能常常買的經濟型水果只有香蕉和橘子。田非拿了一把香蕉放進籃子裡。走到放蔬菜的檯子看了看，田非拿了一捆小松菜。這種他到日本後才第一次吃過的青菜倒意外地對他的口味，價格也便宜。走到放肉的冷櫃，田非前後看了看，沒看到半價的牛肉放出來。日本的超市裡牛肉都貴得異常，是豬肉的兩倍價格，似乎是因為想維持牛肉的最高品質。田非想要是品質差一點，價格便宜一半的話，他一定會常常買牛肉，但現在賣的這些黑毛和牛他可吃不起。沒有半價的牛肉，田非就只買了一盒雞胸肉。拿了牛奶，在賣零食的地方他又拿了一包和式點心，然後到收銀臺那裡排隊結帳。他不是有意的，但排到前面他發現今天這個收銀臺的收銀員是他在意的那個小姑娘，二十上下的年紀，根據胸前別著的名字牌來看應該姓野坂。田非來這家超市買東西大約五次裡會有一次讓這個小姑娘結帳，比起別的收銀員，她的口齒顯得不大清楚，而且常常一句話沒說完就含糊地結束了句子。小姑娘幫田非清點了商品，問他要不要袋子，拿了一個塑料袋放進籃子裡，報了價。田非打開錢包，點了一下硬幣，湊不上，便拿了兩張千元鈔遞過去。收了零錢，他到前面的自助櫃檯把東西裝進袋子裡，拎著走了出去。

公寓樓下有個小院，外圍牆上掛著寫著公寓名字的牌子，「綠丘」，但五層的公寓外觀整體是紅褐色的，並沒有什麼綠色。田非從入口進去，進樓梯間，走樓梯到三樓，出來的走廊右邊第三間三〇六號就是田非的房間。掏鑰匙開門進去，門後一米見方的給人脫鞋的玄關。玄關的左手邊是當作廚房的一塊空間，有竈臺和水池，冰箱也在這裡。玄關往前一兩米就是主房間，通道左手邊是衛生間的門。田非脫了鞋，把裝著食品的袋子先放在料理臺上，然後進了房間，放下書包，脫下外套扔床上，然後打開桌上的收音機。主房間大約二十平米的佔地，木頭鋪的地板，放著一張單人床，一套桌椅，一個書櫃，一個鋼管掛衣架，中間留出的空間勉強夠讓田非做俯臥撐。屋子裡沒有電視。田非不看視頻節目很多年了，所以一開始就沒想在屋裡放電視，後來覺得屋子裡太安靜，才買了一個二手收音機，有時打開來增加一點聲音。他走回廚房，把食品袋子裡的東西該放冰箱的放冰箱，該放櫃子的放櫃子。只留下雞肉和小松菜在料理臺上。把雞肉切開用料酒浸了浸，然後和小松菜一起炒了。再用微波爐熱了一份盒裝飯，這就做好了他晚餐的飯菜。把飯菜端進房間放桌上，又到廚房拿玻璃杯，從冰箱裡拿出清酒倒了小半杯，拿到房間裡，邊喝酒邊把飯吃了。收音機裡的人講了一陣田非不認識的明星的八卦，然後放了一首流行歌，聽旋律像是七、八〇年代的歌。

第二天早上八點半起來，田非煮了一個雞蛋，配著一杯牛奶一起吃了，然後在桌前看專業書一直到中午。肚子又開始餓時，田非拿起手機看時間，十二點，便換了衣服出門。今天預定要看的材料上午看完了，下午沒有什麼特別要做的工作，田非看天色真的不錯，就打算自己去爬山。當然在那之前先要吃飯。田非在百萬遍路口的吉野家吃了一份牛肉飯，出來便往大文字山走過去。從京大的北門出來往東走，約二十分鐘可以到銀閣寺，銀閣寺後面的山就是大文字山，入口在銀閣寺的一側。上山的路田非已經很熟悉了，他一個月總會爬大文字山兩三次，山上每條岔道通向哪他都瞭如指掌。這天他沒有繞彎路，直接從主道上了山頂，大文字所在的地方。每年八月五山送火的時候，大文字山上會燒一個「大」字，這是大文字山名字的由來。所謂燒一個「大」字，是在山頂有排成「大」字的火臺，「大」字的一橫是一字排開約二十米長的火臺，撇和捺也分別由火臺排成，燒「大」字就是在火臺上點火。

田非爬到山頂後就在「大」字一撇起筆的地方附近坐下，看著山下京都城的全景。有一對也是來爬山的老夫婦，兩人看著都是六十歲以上的年紀，坐在離田非五六步遠的地方。田非正想聽聽他們在說什麼時，忽然口袋裡的手機震動了一下。他掏出手機一看，通知顯示小桃在LINE上給他發了信息。打開LINE一看，小桃給他發的是一張圖片，一個青色的石獅子，下面配文字信息：「在二條城附近看到的，如何？」

田非回說：「好看。」一想又回：「你今天不是要陪國內來看你的朋友嗎？」

一會兒後小桃回說：「是啊，我們剛去了二條城，現在在等車去嵐山，車還沒來，就抽空給你發個信息。」

田非沒再回信息。他把手機放回褲袋，想了一會兒小桃的事。想到小桃就要想到簡洋。大約四年前，他還是修士二年生的時候，簡洋作為研究生加入研究室，兩人因為研究的主題相像，又都是中國人，所以就經常走在一起。那時簡洋剛到日本，很多生活上的細節不大清楚，田非教了他不少事。然後過了半年，邱桃來了京都。他還記得那天簡洋約他喝咖啡，介紹小桃給他認識的情景。三人在出町柳附近一家咖啡屋，簡洋比了一下邱桃說：「這是我老婆，叫邱桃。」

邱桃伸手和田非握手，笑說：「聽洋洋很多次提起你了，今天親眼見到真覺得榮幸。」

那一瞬間田非馬上想到一個人，是他在國內讀大學時認識的一個女生，叫齊雯。不能說兩人長得很像，齊雯是圓臉，邱桃的臉偏尖，但那種表情的運動方式，那種從嘴角勾起來的笑容，還有說完一句話帶著的尾音，兩人簡直如出一轍。

田非避開小桃的目光轉向簡洋說：「你們怎麼認識的？」

簡洋看向小桃說：「我們是大學同學，怎麼認識的，是舞會那次嗎？」

小桃說：「不是啊，第一次認識是在張耀民家。」

「哦，對對對。差點忘了那次。」簡洋笑說。

那對老夫婦已經走了五分鐘還是十分鐘了，田非一個人坐在山頂的空地上，風好像也涼起來。他掏出手機看了一下時間，兩點五分，便起身下山往回走。順著今出川通回到京大校園，從東北角的小門進來，左手邊是情報學部的一棟樓。田非要去圖書館，但從情報學部的樓下面經過時，看見有個人從大門出來，是他認識的人。他想了兩秒鐘才想起這個人的名字，叫陳有道。他和這人是兩年前在京大辦的一個留學生聚會上認識的，兩人專業不同，但性格有點奇妙地投契，因此不時有聯繫。陳有道看見他和他打招呼，他等著陳有道走近，和他攀談了一陣。

「你這是去哪？又去爬大文字山？還是一如既往地悠閒啊。」

田非說：「你最近忙嗎？」

「上回不是和你說我在找工作嗎？到處都投了簡歷，然後上週收到奧爾堡大學的信叫我去面試，丹麥的一所大學。」

業。」

田非說：「所以你要去丹麥？」

「沒有別的更好的就先去看看吧。你應該不著急，還有一年。」

田非說：「我是裝作不急，其實一年很快就會過去了，今年我要發兩篇論文才能保證順利畢業。」

陳有道說：「所以你想到哪裡發展，日本還是別的國家？」

田非說：「首選日本吧，畢竟我們這個專業很講人脈，我學術的人脈都在日本，去別的地方沒人認識我。」

和陳有道告別後，田非就往圖書館走。從文學部樓下經過，到了校園西邊的便道往左拐，經過兩個路口，圖書館就在右手邊，是一棟四層高方方正正的樓。進了圖書館，田非就徑直往文學類的書架走。從入口到文學類的書架他大概閉著眼睛都能走到。平時他常因為研究需要來找書，但也有像今天這樣，想看一點和研究的題目無關的書的。這天田非在書架上來來回回看了十分鐘，最後取下一本志賀直哉的書。他想起自己大概一年沒看過這個人的書了。拿著書走到坐滿了學生的自習區，找了一個空位坐下，翻開書的目錄，找了一篇讀起來。從這裡出去的時候就要想晚上吃什麼的問題，但現在先不管那個。大約兩三小時，田非讓自己沉浸在另一個時空的日常裡。

第二章

1

天賜面前的水裡停著一條草魚，天賜屏息不動，盯著那魚停在水裡一會兒，才猛地伸出手，把那魚抓在手裡。抓到魚後天賜高興地轉過身，把魚舉在頭頂，叫岸上的師兄說：「師兄你看，我抓到了魚。」

師兄正蹲在那裡搭竈，轉頭一看，說：「喲，不錯啊，挺大的。」

天賜拿著魚上岸，往師兄身邊一扔，說：「今天的午飯就吃這條魚吧。師兄，你要吃魚頭還是魚尾。」

師兄說：「知道你喜歡魚頭，讓給你了。去撿一些乾柴來。」

天賜就到河灘草叢裡撿了一些乾樹枝和乾草。回來看見師兄已經把魚削去了鱗片，插在一根木杆上，就把乾柴堆進竈裡，笑說：「師兄，你來點火。」

師兄微微一笑，併起兩指，往柴堆一指，叫：「火！」

火苗就在柴堆中冒起來。天賜一笑，伸出手掌一揮，叫：「水！」一層水霧把火壓了下去。

師兄又一笑，伸出拳頭一握，叫：「土！」水霧就被吸到周圍的土裡，然後說：「別玩了，這魚要烤不熟了。」

天賜就不再調皮，蹲下來看師兄烤魚。烤好以後兩人把魚分成兩半，各自吃了。吃的時候天賜問師兄：「師兄，我們下山已經一個月了，你說師父會不會想念我們？」

師兄說：「我覺得不會，你沒看我們下山時師父跟我們道別的表情，好像巴不得我們早點走似的。」

天賜說：「我覺得師父那是不好意思表達他的感情。」

師兄笑說：「你想多了，師父每年都要送十幾個弟子下山，早已習慣了。」

他們所在的位置是一個山谷的入口，外面是一條河和河灘，左右是山坡，中間的山谷灌木叢生，不見人跡。根據他們之前問路得到的消息，穿過這個山谷就會有一個小鎮。吃完午飯，兩人背上劍往山谷的方向走。走到灌木林外面時，師兄停下腳步，擡頭看了看說：「這個山谷的靈氣很盛，我們應該可以御劍而行，天賜，拔劍吧。」

天賜「好」地應了一聲，和師兄同時拔出背後的劍，往前投出去，自己也立刻往前跳，踩在劍上。兩人腳踩靈氣托載的飛劍，雙手放在背後，在林木中貫穿而過。

自從那日無名山村被屠，天賜被劍尊帶走之後已經過了八年。這八年天賜在崑崙山上跟劍尊學習劍法，每日和同門在一起生活。劍尊所創的崑崙劍法包括三個部分：劍術、五行術、道術。劍術當然是用劍的法術。五行術讓術士能操縱水金地火木元素，雖然不及專門的元素法師的法術，但與劍術一起配合別有功效。道術則是講內在的修為。劍尊的崑崙劍法在江湖上名號很響，因此每年都會有人來拜師，有大人，也有被家長送來的小孩。雖然每年都有下山的人，天賜在山上這八年劍尊的弟子一直維持在一百人左右。天賜每日勤學劍法，武功逐漸精進，雖然心裡喜悅，但他始終忘不了無名山村被屠的那一幕。屠村的仇他還要找羌王和黑鴉隊報。他自己所謂的龍族血統的身世，也還等著他去探尋。這些年他幾次向劍尊打聽龍族的事，但劍尊說他對龍族只是略有耳聞，據說是一個隱藏在世界一角很少有人見過的種族，他自己也不瞭解很多實情。天賜提起他想下山去追查這些事時，劍尊又說他的技藝還不夠，不讓他下山。直到天賜十八歲這年，劍尊終於覺得天賜劍法夠成熟了，才放他下山。下山時劍尊推薦他去揚州城虎門鏢局找一個叫蔡洪的前輩，也是劍尊的弟子，說不定他知道一些關於天賜想查的事的消息。

和他一起下山的是一個叫衛青的師兄。衛青大天賜四歲，也比天賜早兩年上山，資歷比天賜老。在山上時天賜和衛青和另外兩個師兄睡同一間小屋，也經常一起吃飯，閒時一起遊玩，因此早已經相熟了。衛青的父母似乎是綢緞商人，他在家裡是老二，他哥哥文采出眾，他父母送他哥哥去上學考功名，對衛青倒沒有太大期望，見他對舞劍有興趣，就送他到劍尊這裡習武。衛青問天賜的身世時，天賜沒有說出實情，只是說他父母被仇人所殺，他和下山遊歷的劍尊偶然相遇，被劍尊帶上山。又說將來有一天他學成之後要去找仇人報仇。

從山谷出來，前面是一片平原，遠遠地可以看到一個小鎮規模的集落，看起來至少有幾百人住在那裡。天賜和師兄從劍上下來，收劍入鞘，從平原上走過去。天賜從小在小山村長大，被劍尊帶上山後又一直生活在廟觀裡，這時還是生平第一次看見這麼多人的集落，心裡有些興奮。走進小鎮後，他們很快發現一條集市街，街道兩旁都是店鋪，街上人來人往。天賜好奇地這裡看看那裡看看，街上有賣菜的、賣肉的、賣糕餅的、賣雞蛋的，都在吆喝攬客，顯得頗為熱鬧。走到一半，兩人看到路邊有一家兵器鋪，便走進去看了看。

掌櫃招呼他們說：「歡迎歡迎，兩位一看就是江湖中人，我們這裡的兵器都是用最好的金屬打的，質量絕對有保證。」掛在牆上的除了劍還有斧頭、彎刀、匕首，但兩人只對劍比較在行，對著牆上掛著的劍看了看，沒說什麼就走了出來。

「沒有我們背的玄鐵劍好。」走到外面後師兄說。

天賜點頭應說：「嗯，我們用的劍都是師父請專人打造的，一般市面上能買到的肯定不如我們的好。」

走到一個相似小廣場的地方，這裡有人在賣藝，圍了一圈人在看。天賜和師兄也湊熱鬧擠進去看了看。那藝人正在表演「口吞劍」，只見他把一把劍從口中吞下去，吞到只剩劍柄在外面，又拔出來，站直了身子，一點事也沒有，圍觀的人便一起鼓掌。天賜和師兄走出時天賜問：「不知道他的劍術是哪個流派的。」

師兄笑了一聲說：「什麼劍術?!那是戲法，騙人的。他那劍上有個機關，一按劍身就會縮起來。」

天賜說：「是這樣啊?!師兄怎麼知道的？」

師兄說：「小時候和大人上街看到，大人跟我講的。」

兩人走到一家酒樓前面，師兄說進去坐坐休息一下，兩人就走進去，找了張桌子坐下。老闆娘來問兩人要點什麼，師兄說來兩碗茶加一碟花生米。他們坐的大堂裡有十來張桌子，這時坐了有一半人。茶和花生米上來後，兩人正坐在那裡吃著，忽然有一個人過來坐在他們旁邊的空位上。這是個成年男子，有些不修邊幅的樣子，臉上留著拉碴的鬍鬚。他對兩人說：「兩位看著像是習武之人，這樣吧，你們請我喝一壺酒，我告訴你們關於這烏梅鎮的一個消息，保證對你們有用。」

天賜等著看師兄的反應，衛青停了片刻說：「好啊。」叫老闆娘拿一壺酒過來。

酒一上桌，那人就拿起酒壺猛喝了幾口，快活地呼一口氣，說：「夠意思。我就告訴你們這個消息吧。這烏梅鎮最近在鬧土匪，有一幫土匪在鎮外南山上建了一個窩點，經常來騷擾本鎮居民，搶錢搶糧，前幾天還把鎮長吳大爺的女兒綁走了。鎮長一直在找勇士去剿滅這幫土匪，苦於找不到人。你們要是去幫鎮長這個忙，他一定會獎賞你們的。這麼樣，我這個消息有價值吧？」

衛青說：「這群土匪是什麼人？為什麼官兵不去捉拿他們？」

男子說：「那土匪的首領武功相當厲害，一般人打不過他們。而且他們似乎在衙門裡有關係。那首領以前似乎是黑鴉隊出身的。」

天賜聽到「黑鴉隊」三個字心裡一驚。

衛青對男子一拱手說：「多謝你的消息。」

男子哈哈笑了兩聲說：「祝你們好運。」便走開了。

天賜和師兄喝過茶就在酒樓訂了一間房間作為他們今晚過夜的地方。在房間裡師兄和天賜商量剛才那個醉漢給他們的消息：「師父叫我們下山後除了自謀生路，還要見機行俠仗義，才不會枉費我們學武的付出。所以鎮長這個忙我們應該幫，你看呢？」

「我同意你的看法。」天賜除了想幫鎮長忙，當然還想看看那個所謂黑鴉隊出身的人的真面目。

說定了後兩人就去鎮長家。在鎮長家宅門外敲了門，對來應門的人說他們要和鎮長商量剿匪的事，家僕便進去。一會兒鎮長出來，是一個五十歲上下衣冠鮮亮的男人，他把天賜和衛青叫到裡屋說話。他先問兩人是何出身，衛青說他們是崑崙山劍尊的弟子。

鎮長就抓住衛青的衣袖說：「少俠，這個忙你可真要幫我。我女兒年方十六，生得貌美，被那群土匪抓去了，現在不知在受什麼虐待。少俠如果能幫我把女兒救出來，我願意出五十兩，不，一百兩銀子酬謝。」

雖然在山上對錢沒什麼概念，但師父給了他們十兩銀子盤纏，他們一個月也沒用完，由此可知一百兩銀子不是小數目。衛青對鎮長說這個忙他們會幫，然後問清了土匪窩點具體的地點。

兩人在酒樓休息了一晚，整頓精神，第二天一早起來就往土匪窩出發。土匪窩所在的山洞在烏梅鎮南邊的山谷裡，離鎮子有三四里路。離按照村長的指示，看到一棵歪脖松後再往東南走，很快就到了一個山谷前面。他們看到遠處一個人影，黑色的穿戴，坐在一塊大石上，見他們走近，他站起來停了一會兒，然後跳下石頭往山谷裡跑，進了一個山洞。那無疑是土匪裡望風的人。兩人跟著往山洞的方向走，正快到洞口前時，從山洞裡出來十幾個人，穿著凌亂的衣褲，手中有拿棍棒的，有拿斧頭的，為首的一個叫衛青說：「你們是誰？到此山有何貴幹？」

衛青說：「我們來帶烏梅鎮鎮長吳大爺的女兒回去。」

為首的土匪說，「人是在這裡，說好的五百兩銀子呢？」天賜一聽這裡有蹊蹺，和師兄對望了一眼。

衛青對土匪說：「你們每天騷擾烏梅鎮的人的和平生活還不夠嗎？今天我們崑崙弟子不是來和你們做交易，而是要剷平你們，識相的就扔下武器投降。」

為首的土匪說：「笑話！兄弟們，砍死這兩個不知天高地厚的小子！」

兩人拔劍迎戰這群土匪。這是天賜第一次拔劍實戰，因此頗為興奮，只是這群土匪的武功不夠，他和師兄學的崑崙劍法十六式只出到四五式，就已經把十幾個土匪全部砍倒了。兩人沒有耽誤，心想人質在山洞裡無疑，就往洞裡走，但這時又從洞裡出來一個人影。這人出來沒看天賜和衛青，先掃了一眼倒下的土匪，哼了一聲說：「沒用的東西，白養他們了。」然後看向拿著劍的兩人，說：「你們舞的劍，像是崑崙劍法？」

「是又如何？」

「那我就要出真功夫了！」

這人往上一跳，到一人高的高度，猛地張開一對黑色的翅膀，懸浮在空中。天賜正驚訝，只見這人伸出手掌唸：「火球！」就有兩顆火球分別飛向兩人。

天賜和衛青同時伸掌唸：「冰！」張開冰壁擋住了火球。緊跟著火球又有幾片黑色羽毛射下來，天賜用劍掃開，而衛青繞到天賜背後，從另一邊出來，拋出劍唸：「起勢！」他的劍就直往鴉人飛去，把鴉人刺倒在地。見鴉人沒動靜後，

衛青走上前看了看，轉頭對天賜笑說：「這個也不行啊，兩招就被我們打倒了。」

但天賜一看鴉人朝衛青擡起一隻手正要射出羽毛，趕緊大叫一聲：「師兄小心！」同時拋劍出去，唸：「去勢！」用劍氣切斷鴉人的手。

衛青轉身，用劍刺穿了鴉人的身體。

天賜走上前，只見鴉人笑了一聲說：「你們打倒我又如何，邪王拉達很快要統治世界，到時你們一樣別想好過。」

天賜趕緊抓住他胸前的毛問：「誰是邪王拉達？他在哪裡？」但鴉人已經沒聲音了。

衛青說：「沒用的，他斷氣了。去救吳大爺的女兒吧。」天賜點了點頭，兩人就往山洞裡走。洞壁上隔著幾步插著一根火把，走過五六個火把後，旁邊出現一個木欄杆圍住的牢洞，藉著火光，可以看到裡面有個穿裙衣的女子。

衛青扒著欄杆對裡面說：「姑娘，你沒事吧？你是烏梅鎮吳大爺的女兒嗎？」

女子用畏縮的聲音說：「我是，你們是誰？」

衛青說：「我們是崑崙弟子，受你爹之託來帶你回去的。放心吧，土匪和鴉人已經被我們打倒了。」

然後衛青讓女子退後，用劍砍開了柵欄，讓那女子出來。這女子果真如吳大爺所說貌美非常，即使臉上沾著泥垢也掩蓋不了她的麗質。

衛青對她上下看了看，說：「看來四肢俱全。這幾日那群土匪是如何待你的？」女子說：「他們倒也沒有特別為難我，只是叫我每日給他們做飯，為他們洗衣褲。」

衛青顯出欣慰的表情說：「那就好。」

兩人帶著鎮長女兒回到烏梅鎮，剛進鎮子，就聽有人喊：「崑崙弟子把吳姑娘帶回來了。」又有人迎面走上來說：「少俠果然身手不凡，竟然打敗了黑鴉隊的人。村長早已擺好了慶功宴，等你們回去呢。」

在眾人的注目下，兩人和鎮長女兒一起走到鎮長宅前，一進去，只見大院裡已擺上七八張桌子，要辦酒席的樣子。他們還沒看到吳大爺，就聽劈哩啪啦一陣鞭炮聲，然後吳大爺從一側走過來說：「我就知道兩位少俠不會讓我失望，你看慶功宴都給你準備好了。」

轉向女兒說：「你受苦了，進去洗洗臉換衣服，出來陪少俠吃酒。」

吳姑娘就進去了。這一天眾人在吳大爺家吃酒，鬧到半夜，不必說了。

天賜也是高高興興和他們吃酒到半夜，然後和師兄一起回酒樓房間。

睡前天賜問師兄：「這烏梅鎮的事也告一段落，我們下面要去哪？」

衛青像是喝得有些醉了，含糊地說：「明天再說吧，今天不想了。」

第二天兩人睡到將近中午，有個吳大爺的僕人敲門進來，說鎮長請兩位過去吃中飯。衛青答應下來，天賜卻覺得不想去，和師兄一說，衛青就自己去了。天賜自己到樓下大堂吃了兩個包子，然後走到鎮外的荒地上練了練劍。師兄到了晚上才回到酒樓。

第三天他們起床時又是鎮長的僕人叫他們過去吃飯。天賜還是不想去，衛青就一個人去了。天賜自己躺在床上，從隨身口袋中拿出那玲瓏玉和黑羽毛來看。他想自己的身世尚未明瞭，無名山村的人的血仇未報，邪王拉達還在這個世界上，他想快點出發，卻不知師兄想在這烏梅鎮待多久。正在那裡浮想，有個人敲門，天賜讓進，進來的這人卻是鎮長吳大爺。

吳大爺在椅子上坐下說：「前日感謝少俠救小女回來。今天拜訪，是有一事想問問少俠的心意。小女今年十六，已到談親事的年齡，老夫覺得再也沒有比兩位少俠更好的郎君了。少俠如不嫌棄這小地方，不知是否願意和小女成親，一起在這烏梅鎮生活？」

天賜說：「這事為何不問我師兄？」

吳大爺說：「實不相瞞，之前老夫問小女意思時，小女說她更喜歡天少俠。」

天賜愣了片刻回說：「這使不得，我還有使命在身，實在不能在此久留。多謝鎮長和吳姑娘心意。」

吳大爺便站起身說：「那我就回去這樣轉告小女了。」

夜裡天賜躺在床上已經準備睡了時，衛青推門進來，坐在另一張床上。在黑影裡看不見他的表情，只是見他愣著不吭聲，天賜問說：「師兄是剛從吳大爺那裡回來？」

衛青說：「嗯，和吳大爺一直說話到現在。吳大爺說想把他女兒嫁給我，和他就這事聊了一晚上。一直問我家裡有什麼人，將來有什麼志向什麼的。」

「你想答應嗎？」

衛青嘆了一口氣說：「天賜，我跟你不一樣，我不像你背負著血海深仇。我只是一個普通人家出身的小青年，碰巧會一點武藝。打兩個土匪我可以，但想想看，要謀生我能做什麼？去當兵？給人當保鏢？又不是什麼天下第一，可以去打榜求名。這回遇到吳大爺賞識我，想讓我在他這裡安家，有個安穩的生活，我想要的也就是這樣。我還沒有答應他，但我想我過兩天會答應。」

天賜說：「明白了。」說著轉頭睡了。

第二天天賜收拾行裝準備上路。衛青是肯定不會跟他走了，只是把他送到鎮口。在鎮口衛青問他：「你接下來去哪？」

「按師父建議的，去揚州城找蔡前輩。」

衛青從口袋裡掏出一小包東西給天賜說：「這裡有五十兩銀子，是我們救吳姑娘出來的賞銀，應該要分給你。這些應該夠你到揚州城的路費了。」

天賜收下銀子說：「多謝師兄。」

衛青又說：「我這樣說也不知道算什麼，不過希望你好好表現，不管遇到怎樣的敵人，都不要給師父和崑崙劍法丟臉。我不能去做的事就交給你了。」

天賜又謝過之後便轉過身，不再回頭地上路了。

2

田非寫到一半的時候，手機螢幕忽然亮了一下，有消息進來。他拿起手機一看，是國內的表妹雅雯發給他的，說：「表哥，昨天我同學跟我推薦一款資生堂的護手霜，說是只有日本才有賣，你能不能幫我看一下。」

田非看完放下手機，視線轉回電腦上，把正在進行的一段寫完。然後他凝神想了片刻，拿手機回雅雯的消息說：「有沒有包裝的照片給我發一張。」

總之今天的份差不多也寫夠了，田非把電腦合上收進書包。然後他看向餐廳裡，還是下午四點多的薩莉亞，人正在漸漸多起來。

上次收到雅雯的消息應該是三個月前了。這個表妹小他六歲，是他姑姑的女兒。這個表妹小時候挺有男生的脾氣，喜歡和大夥在一起熱鬧，喜歡打遊戲。那幾年田非家裡一直有最新的遊戲機，超級任天堂、索尼、世嘉土星，因此雅雯常常跑來他家玩。還記得那年暑假他們玩叫《惡靈古堡》的遊戲，要解開一個滿是殭屍的鬼屋裡的謎題，田非在那裡玩，雅雯在旁邊看，一點點動靜就讓她嚇得尖叫。田非感覺小時候的雅雯對他幾乎有一點崇拜。但田非到外地上大學後兩人見面就少了。到了大三那年田非他父親的公司破產，他們家和親戚的關係變淡之後，他和雅雯的見面就更少了。直到雅雯大學畢業，大家都用起微信的時候，兩人才又通過網路聯繫起來。那時田非已經來了日本，但比起在國內時，雅雯跟他的話題好像更多，幾乎每天都會聊幾句，和田非說她工作上遇到的事，又問田非在日本的生活怎樣。不過這也不過持續了小半年，話題聊完之後，就只有兩三個月才會聯繫一次。前兩次雅雯聯繫他時，也是要他買東西，買乳液，買粉底。田非給雅雯買了寄去，本來是當作雅雯託他買的，但雅雯後來也沒有把錢打給他，似乎忘了他家境不如從前了。

雅雯把那款護手霜的包裝圖片發過來了。田非拿杯子到自助櫃檯那裡倒了一杯蔬菜汁，回座位慢慢喝了，才背上書包去付帳。從薩莉亞下去，過了百萬遍路口，路邊馬上有一家叫大國的藥妝店。田非進去後，找到一位店員，把圖片給他看。店員記得這款商品的位置，帶田非走到貨櫃前，指給他看。田非就拿了一個到收銀那裡排隊。今天到這家店買東西的人還挺多的，田非前面有五六個人，他正前面是一對小情侶，兩人都是十九、二十歲的樣子。最前面不知道是買了什麼，隊伍差不多一分鐘沒動過，田非尷尬地看著面前的小情侶，一會兒男孩抓一下女孩的頭髮，一會兒女孩抱一下男孩的胳膊。

正在排隊的時候，他手機又收到一條消息，是鍾喜發給他的。這是一個三天前剛加了他微信的人。她說：「看完你發給我的那篇小說了。很多想法，不知道從哪說起。」跟著又一條說：「哪天你有空我們一起喝個咖啡聊聊？」田非沒有回覆，把手機放回口袋，正好隊伍排到他了，他上前遞上護手霜，付了錢。

這個鍾喜是他師姐秦豐的女朋友。三天前晚上七點鐘左右，田非正在家裡看書，秦豐忽然給他發消息，問他有沒有空，說她和鍾喜在先斗町一家酒吧喝酒，問他有沒有興趣來。田非答應了，簡單地換了衣服出了門。搭巴士來到三條，進了先斗町的小路，找到師姐說的那家酒吧。進去後看見兩人坐在角落一張桌邊，便走過去和她們坐在一起。這不是他和這兩人第一次在一起吃飯喝酒了，所以也用不著介紹。坐下後，田非向走過來的服務生要了一杯雞尾酒，就和這兩人聊起來。「剛才我和喜兒聊到你，我跟她說你在寫小說，她聽了很感興趣，想多瞭解一點，我就想不如把你叫來，讓你自己說。」

鍾喜對田非說：「所以你寫的是什麼類型的小說？」

田非笑了一下說：「這個怎麼說呢，什麼類型的都寫一點吧。」

秦豐說：「就講你上次發給我看的那篇吧。」轉向鍾喜說：「我看過他寫的幾篇，基本上都屬於言情的吧。」

鍾喜問田非：「上次那篇是什麼樣的故事？」

田非說：「大致就是講一男一女在上海上大學時談了戀愛，後來分開了，很多年後女的去了馬尼拉，在那裡謀生。有一天男的忽然在女的面前出現，說是來旅遊，正好也來看看她。兩人談了很久舊事，似乎都有想和好的意思，但誰也不敢說出口。」

秦豐說：「我一直都覺得你寫的男女感情太不真實，扭扭捏捏的就是不辦事，要是我來寫的話，兩人第一天見面就該上床了。」

鍾喜笑說：「我聽著感覺挺有意思的，能不能發給我看一下？」

「可以啊。」田非就和鍾喜互加了微信。

秦豐師姐只比田非早半年加入北川研，但田非五年前剛進北川研那時，只覺得每個已經在研究室的人都是牛人，所以一開始就對秦豐抱有好感。而秦豐身上又確實有一種獨特的氣氛，她留著整齊的短髮，話很少，總是獨來獨往，動作很乾脆利落，和普通的女生不太一樣。田非對她頗為好奇，也有事沒事地去找她搭話，正好他那時剛到京都，有很多地方上的東西不懂。秦豐對他的問題總是很有耐心地回答，但不會主動和他說話，很少對他說他問的問題以外的事。雖然那時研究室只有三個中國學生，本應該玩在一起，但她從來沒約過田非去哪裡。田非那時以為她天生就是這樣淡漠的性格。

直到田非在京大待了半年後，有一天傍晚田非在鴨川邊的小道散步，快走到三條大橋時，前面大約十步遠的地方有兩個本來坐在堤上的人站起來，朝田非的方向走過來。走近了兩步，田非看出兩人中其中一人是秦豐師姐，另一人是他沒見過的和秦豐差不多年齡的女性。在那一瞬間田非看到兩人的手牽在一起。田非只是在兩人牽著的手上瞄了一眼，就立刻直視前方。他正在猶豫要不要和秦豐打招呼的時候，秦豐和那女生已經走到了他身邊。秦豐對他「喲」地打了一聲招呼就從田非身邊走過去了。田非又過了兩秒鐘才回頭看了看，確認那兩人確實牽著手。田非轉頭繼續往前走，心想：「原來是這麼回事。」

這之後過了十來天，這天田非在研究室裡，秦豐也在，中間秦豐忽然難得地主動過來和他搭話，說明天京都音樂廳有一場音樂會，可以免費入場，問他有沒有興趣一起去。

「你上次看到的我那個朋友也會去。」秦豐說。

田非說好啊。隔天田非就和秦豐和她女朋友去聽了音樂會，聽完又在路邊找到一家小酒館喝了一兩小時。喝酒時雖然都是閒聊，但田非聽出這兩個女生之間確實有特別的關係。那天之後大概一兩個月一次的程度，秦豐會叫田非跟她和她女朋友一起去吃飯喝酒，似乎是對他有了信賴。這信賴的來源，可能在於田非明白秦豐的特性後並沒有討厭她。相反，在知道秦豐從體質上不可能對他產生特別的感情後，田非反而覺得可以和她成為很好的朋友。

田非把注意力放在鴨川上一會兒。初夏時期，鴨川兩岸都是綠油油的樹，中間的水流在陽光下顯得閃亮。中間一排讓人踩著過河的大石頭，有人在上面一跳一跳地走。也有人挽起褲管站在河水裡玩水。田非掏出手機，打開微信，給鍾喜回消息說：「好啊，找個你合適的時間，我除了週四基本都方便。」

然後他從河堤上站起來，背上書包，從石階上到馬路上。鴨川的這個臺階正對著京阪電車出町柳站，從這裡走十分鐘可以走到生鮮館中村里前店。他走到那裡，先看看特價水果，拿了一盒還算便宜的切好的西瓜。然後找晚飯的材料。他想冰箱裡有雞肉，要不晚上做個宮保雞丁，就去買了黃瓜和花生。再買點豬肉做明天的晚飯。在收銀臺那裡排隊結帳的時候，他收到鍾喜的回覆，問他週六下午行不行，他隨手回了個可以。

回家做飯吃了，正躺著聽收音機的時候，忽然手機又收到一條消息，是邱桃發給他的，先是一張照片，然後一句話：「我做的今天的晚飯。」

田非放大那照片看了看，是兩菜一湯，兩菜是炒青菜和土豆炒肉片，湯是紫菜蛋湯。他回覆：「看著不錯。」過了一兩分鐘他給小桃發消息，說：「記得我之前跟你提過的女同的師姐吧？今天她的女朋友約我和她喝咖啡。因為之前我發了我寫的小說給她看，她說想找我聊一下。」

「你答應了？」

「答應了，反正既然她是女同，肯定不會對我有什麼特別意思。雖然和她不熟，朋友的朋友也算是朋友吧。我對於想和我討論我的小說的人一向很歡迎的。」

「我覺得也是。」幾分鐘過後，小桃又發了消息過來：「今天洋洋不舒服，說頭痛，在床上躺了一天。晚上吃飯時也沒什麼食欲，吃了幾口就不吃了。」

田非想起昨天研究室論講會時簡洋沒有來，便回說：「最近他經常這樣嗎？」

「最近他的狀態一直都不大好，今天好像特別嚴重一些。我還問他要不要吃點止痛藥，他說不用。」

田非想了一會兒回說：「讓他多休息。」

小桃回說：「嗯嗯。」

像以前常發生一樣，和小桃交換完消息後，田非想了一會兒齊雯的事。隨著他把思緒拉回到大學時間，回到大學的教室、宿舍、食堂、大操場、俱樂部構成的那個世界，他又開始想同樣一個問題。那三年他大概對七八個女生表過白，有的有沒有表白他都記不清楚了，但為什麼沒有對齊雯表白？而如果他其實不喜歡齊雯，為什麼離開大學許多年之後，其他大學裡認識的人他都忘得差不多了，齊雯的存在卻還牢牢佔據他的記憶？

週六田非和鍾喜是約在河原町今出川路口附近的一家咖啡屋。這裡離田非住處挺近的，到了時間他就從家裡出發走過去。快到的時候鍾喜給他發消息說已經在裡面了，田非就進去找人，看到她在靠牆一張小桌邊，就在她對面坐下。鍾喜留著稍微捲過的長髮，穿著有花紋褶子的淑女裝，如果不知道她和秦豐的關係，田非絕看不出來她是女同。不過他也聽說過，一對女同裡經常也有偏向男性的一方和偏向女性的一方，所以有鍾喜這樣的女同應該也不奇怪。之前田非都是被秦豐叫去時才見過鍾喜，他只知道大約從半年前開始秦豐有了這個女朋友，這回兩人第一次單獨見面，其實彼此都還很不瞭解，就用了一些時間把基本的情況交代了一下。原來鍾喜在大阪一所學校學了看護，現在在京都一家老人院做護理員。

「所以你和秦豐學姐是怎麼認識的？」

「通過一個共同的朋友。」

「那個朋友知道你們的情況？」

「他不知道。也可能知道但沒說。總之我們是和這個人一起吃飯的時候第一次認識的。」

「原來如此。」

接著就談到田非的小說。

「所以你是不是在馬尼拉長住過？」

「沒有，只是去玩過。大學時有一個暑假去菲律賓玩了兩星期，在馬尼拉待了四五天。」

「但我看你小說裡對馬尼拉的街景，小巷子進去裡面是什麼，描寫得都很逼真，你是怎麼做到的？」

「我的視覺記憶特別強，只見過一次的街景，過了很久還能回想起來。」

鍾喜拿出手機，似乎是在手機上打開了田非發給他的小說，看了片刻後說：「你這裡寫女主角收到那個男生要來看她的消息心裡活動是這樣的，我看到這裡我就想，要是我以前的男朋友現在突然說要來找我，我會是什麼感想。」

田非聽了一愣，說：「你以前的男朋友？」

「我高中時候是有男朋友的，交往了一年多。我發覺自己喜歡女生是十九、二十歲時候的事了。」

田非笑了一下說：「這事還可以這樣變來變去的嗎？」

「我認識的很多同伴都是這樣的，不是一開始就是，有十五、六歲發覺的，有過了三十歲才發覺的。」

「那是不是說也有可能將來變回去？」

「我覺得我是有可能。之前和那個小男友接吻時也有感覺，當然沒有後來和女生接吻好，不過我不排斥。也許有一天遇到一個不錯的男的我會考慮結婚生子都不一定。」

「所以所謂的同性戀究竟是什麼意思？」

「就是字面上的意思，性取向。我和女生做愛更有快感說明我是女同。但如果把性的成分去掉，我想我可以過普通人的生活。也可以結婚，就是沒有性，很少性，不那麼幸福而已。」

「秦豐學姐知道你這樣的想法嗎？」

「我不知道，但她應該能感覺到吧。我也不是她第一個女朋友了。」

話題從小說移到同性戀上面後，田非忽然變得有些心不在焉。一種遲鈍的無力感在他心裡冒起來。他對鍾喜的話有一句沒一句地應著，不再主動找話題。

「你以前有出版過小說嗎？還是一直只是寫著玩？」

「很久以前在網上寫書時有出版過，但完全賣不出去。」

「是什麼樣的故事？」

「其實也就是霸道總裁愛上我類型的。一個女生偶遇一個公司的總裁，一個高富帥，一開始覺得他很不錯，但隨著交往加深，漸漸發現他不可告人的過去。」

「聽著不錯啊，為什麼會賣不出去？能不能發給我拜讀一下？」

「可以啊。」

這樣聊了一陣，兩人從咖啡屋出來時將近下午四點，鍾喜說她想去御所的公園走走，但田非沒有繼續陪她的意思，便說還有作業要回去做。鍾喜說那算了，和田非往出町柳的方向走，她要去出町柳坐京阪電車回家。

從賀茂大橋上走過的時候，看著橋底下的鴨川，田非說：「現在是腐草為螢的時節了。」

「什麼？」

「腐草為螢是七十二候中的一個，初夏時河邊腐爛的草變成螢火蟲的時節。」

鍾喜笑兩聲說：「不愧是寫小說的，充滿文藝情調。」

但田非只是心不在焉地想著別的事，一會兒想晚上要吃的飯菜，一會兒想正在寫的小說接下來要怎麼發展，和鍾喜道別時說了什麼他都不記得了。

第三章

1

天賜花了兩個月時間，走陸路又坐船，才來到揚州城。路上沒有師兄陪伴，旅程單調清冷，但將近揚州城時，天賜還是覺得活躍起來。遠遠地從船上就能看到這是一座他從未見過的大城，連綿的城牆大概有好幾里，難以估算裡面住了多少人。從渡船下來，出了碼頭，剛進了城門，就見前面有個戲臺，臺上正在作戲，臺下圍了幾十人。天賜也不顧勞累，擠進人群看了一會兒。好像演的是死人還魂去與戀人相會的故事。看了一會兒從人群裡鑽出來，接著沿著城裡的大馬路往前走，看到各種各樣的商鋪，賣米麵的，賣點心的，賣布的，賣古玩字畫的，還有蓋到三四層高的客棧，天賜覺得頗為振奮。他漫無目的地逛了一會兒，才去向路邊一個燒餅攤的攤主問虎門鏢局怎麼走。虎門鏢局在另一頭的城門附近，雖然同在城內，走過去也相當花時間，天賜穿過三條大街才終於來到掛著「虎門鏢局」牌匾的房子門口。

進了大門，迎面上來一個粗壯的大漢問他要做什麼。天賜介紹自己的身份，說是崑崙弟子，在劍尊的介紹下來找蔡鏢頭的。大漢打量了一下進去裡面通報，片刻後一個人跟著大漢走出來。這人年紀大約四十歲上下，留著鬍鬚，腰間佩劍，衣著緊湊，神色沉穩，很有一個組織的管家的氣質。這人到了天賜面前問：「你可是天賜？」

天賜應說是，這人便說：「我是蔡洪。兩個月前我收到劍尊的信，跟我說你會來，讓我暫時收留你。」

天賜說：「本來可以更早來，路上有些事耽擱了。」

蔡鏢頭說：「你一路走到這裡，應該也累了。我已讓人給你準備了一間房間，你先去歇歇，有什麼話稍後再說。」

「好的。」

蔡鏢頭便對旁邊那個大漢說：「老五，你帶天賜去那間收拾好的房間。」

天賜便跟著叫老五的大漢走，進了一個院子，穿過走廊，在老五的示意下進了走廊一側一間小房間，裡面除了一張床、一張矮桌外什麼也沒有。天賜向老五道謝過後老五就走開了。隨即又有個小姑娘拿了一杯熱茶和一碗點心進來，放在桌上出去了。

天賜喝了茶吃了點心，躺在床上休息了約有一刻鐘的工夫，蔡鏢頭走進來。天賜見了便從床上起來，站起來和他說話。蔡鏢頭問他有沒有休息好一些，天賜應說有，蔡鏢頭點點頭說：「天賜，給我看看你的劍。」

天賜便把放在床上的劍遞給他。

蔡鏢頭拔劍看了看，笑說：「是和我當年用的一模一樣的玄鐵劍，這麼多年了，劍尊找的兵器鋪還是同一家。」

轉向天賜又說：「我稍後會給你一把更好的劍。話說你在崑崙山上八年，不知劍尊的劍法你學到了什麼地步？」

「師父傳給我十六式劍法，前十四式我已經學會了，但最後兩式，破亂和回頭，我還未曾領悟。」

蔡鏢頭點了點頭，說：「天賜，拿上劍跟我到院子裡來。」

天賜跟著蔡鏢頭出去，走到院子中央，蔡鏢頭轉身，拔出自己配的劍，說：「天賜，我們來練兩招。」

天賜見這架勢，便振奮地拔出自己的劍。兩人持劍對視片刻，天賜看出蔡鏢頭要自己先出招，便揮劍橫掃而去。蔡鏢頭擋開，順勢朝下攻天賜下路。這是崑崙劍法的「落勢」。天賜跳躍躲開，著地時由下而上將劍往蔡鏢頭頭上刺去，這是崑崙劍法的「震天」。蔡鏢頭側身躲開。

兩人又來回交換了五六招後，蔡鏢頭收劍入鞘說：「好了，就到這裡。我大致瞭解你的武藝了。」

天賜說：「多謝前輩賜教。」

晚上鏢局的人一起吃飯時蔡鏢頭把天賜介紹給鏢局的人，說他是剛從崑崙山下來的小師弟，會在他們這裡暫住。一起吃飯的除了蔡鏢頭和天賜還有六個人，四個武夫模樣的是鏢局的鏢師，年紀看著都在三十歲以上，另外兩人一個是一位大嬸，一個是和年紀相似的小姑娘，聽她們說話應該是母女，一起在鏢局裡做雜務。蔡鏢頭還提起除了在座的這四位，鏢局還有五六名鏢師正在外面送標，天賜稍後能見到。

接下來的幾天天賜在鏢局無所事事地打發時間。那幾名鏢師都顯得沉默寡言，不怎麼和天賜說話。只有顧大嬸和叫圓圓的小姑娘和天賜搭話，但也只是淺淺地談一些生活上的事。天賜要麼在房間躺著，要麼在院子裡練劍，要麼看到圓圓出去賣菜時跟著出去，在街上溜一圈，再沒什麼別的事。他感覺這個鏢局似乎在進行什麼祕密的事，有幾次他看到鏢師附在蔡鏢頭耳邊小聲地不知道在說什麼。對於他自己的任務，去向黑鴉隊報仇和追尋他的身世的事，他也不敢輕易對蔡鏢頭講。

這天蔡鏢頭過來找天賜，說他要去送一趟短鏢，就送到臨近的一座城裡，來回三天的路程，問天賜想不想一起去。天賜沒有別的事做，只有答應。他便跟著蔡鏢頭出發了。他們一早騎著馬出城，由兩匹馬拉著的載著貨物的馬車跟在他們身後。兩人並肩騎馬，這幾天他們還沒怎麼說過話，這時一路上說了一些。兩人交換了各自在崑崙山上的經歷，頗有在敘舊的感覺。但天賜覺得蔡鏢頭想跟他說的話不是這些。

太陽西斜時他們翻過一個小山丘，來到一片開闊的平原上，前後幾里地看不見人，土路邊上有一個茅草亭子。蔡鏢頭回頭讓拉馬車的馬夫停住，又叫天賜和他去那個亭子坐坐，喝口水歇息。天賜便下馬和蔡鏢頭走到亭子裡坐下。

蔡鏢頭取出水壺喝了一口說：「天賜，叫你來跟這趟鏢其實是想有個機會和你說說話。城裡人太多，有些話不好說。劍尊給我的信裡說起，你出身的小山村被黑鴉隊滅了？」

天賜點頭說：「是的。」

「那麼你想找黑鴉隊報仇？」

「是的。」

「你可知道黑鴉隊是什麼？」

「我一直想打聽關於他們的消息。」

「那我給你講講黑鴉隊的來歷。黑鴉隊是羌王在大約二十年前建立的一支特種部隊，全部由西域蠻族的鴉人構成。向來與西域蠻族不相容的中土聖國大梁為何會組成這樣的部隊？有情報說是一名叫克刻齊的西域法師向羌王施了妖法，讓他昏了頭。關於克刻齊我們所知甚少，但我們很清楚黑鴉隊的作為，他們到處進行暗殺、破壞、滅村的活動，像你出身的村子那樣被毀滅的不止一個。很多人說羌王這二十年昏庸無道，已耗盡了大梁的氣數，差不多是改朝換代的時候了。我們虎門鏢局，表面上是以送鏢為生，其實在過去這幾年聯絡很多義士，我們在等待時機，隨時準備起兵推翻大梁。天賜，你要報仇，其實目標不是黑鴉隊，而是在後面指使黑鴉隊的羌王。你明白嗎？話說到這裡，你面前有兩條路，要麼加入我們，要麼現在就離開。」

天賜想這時他也沒有選擇，便說：「只要能達成我報仇的目的，我願意加入你們。」

蔡鏢頭點頭說：「很好。」

快到傍晚時他們到達一個客棧，便在那裡過夜。晚上在房間裡躺著睡不著，天賜在心裡浮想著各種事，忽然想到一些問題可以問蔡鏢頭。

「前輩，你可知道關於龍族的事？」

躺在對面床上的蔡鏢頭說：「在史書裡有記載這樣一個種族，據說發源於中土北部的天山，但就算我這樣多年行走四方的人，從沒親眼見過，也沒聽說誰認識龍族的。」

天賜說：「史書上如何記載龍族的？」

「在聖王開創天地的時代已經有龍族，作為輔佐聖王的一族，當時在聖王與邪王拉達的戰爭中立下很大的功勞。最近一次記載是三百年前的魔人之亂，那時有個據說是邪王拉達的轉世的魔人降臨在中土，讓世界陷入黑暗數十年，最後是由龍族的後人將他消滅。那之後龍族也在這世上銷聲匿跡，可能隱居到什麼地方去了。總之再沒有記載誰在哪裡看到龍族的。」

天賜想了一會兒又問：「那這個邪王拉達已經徹底被消滅了嗎？還是還有可能捲土重來？」

「據說邪王是無法被徹底消滅的，連聖王都無法根絕他。他會不斷轉世，這次的轉世被消滅了，過幾百年又會有新的轉世。要是史書記載沒錯的話，離他上次轉世已經過去三百年了，說不定我們這一代人就能親眼看到他的又一次轉世。」

蔡鏢頭翻過身說：「你為何對這些感興趣？」

天賜說：「沒有，就是以前聽師父提到過這些名字，一直有點好奇。」

「別想太多，早點睡了，明天一早要趕路。」

送完這趟鏢，回到揚州城，天賜因為知道了這個鏢局的祕密，再看到鏢局裡的人有什麼詭異的表現，也不在意了。這樣天賜在鏢局又待了兩三個月，跟過幾趟無風無浪的短鏢，都沒用到過他的武藝。然後到了這天，蔡鏢頭把天賜和兩個沒出去的鏢師集合在大廳裡，說根據他收到的消息，揚州城西北部四五里地的荒原裡有黑鴉隊集聚，似乎在挖掘什麼寶藏。

「我們去看一看究竟，如果是可以為我們所用的寶藏，他們人數又不多，我們就把它搶過來。」

四人合意後便趁著夜黑出城。

這晚夜空無雲，月色很亮，走在平原上不用點火照明也能看得清路。四人出城往西走了四五里，忽見前方有火光，一左一右像是兩個人拿著火把。蔡鏢頭四下望了望，示意幾個人從那火光旁邊的一個小丘繞過去。他們便從另一頭上了小丘，到頂上俯下身子探頭查看。那火光離他們十來步遠，確實是兩個人舉著火把，兩人背後可以看到黑羽毛的翅膀，是黑鴉隊無疑。兩人之間的地面上可以看到一個約兩尺寬的洞，直通地下。

蔡鏢頭悄聲說：「他們人數不多，我們把他們解決了，再看看他們到底在挖什麼。王平，先用你的暗器射過去看看。」

叫王平的鏢頭點頭答應，隨即站立起來，伸手放出袖中的暗器。離他們近的鴉人「啊」的一聲倒地，另一個鴉人立刻朝他們看過來。王平又發暗器，但被鴉人展翅掃開了。四人便拔劍一起上去，衝到鴉人面前，兩招就把他打倒了。這時從那個地洞裡飛出另一個鴉人，一出來便朝他們發火球，蔡鏢頭用冰壁擋開，天賜拋劍刺穿了鴉人喉嚨。

打倒黑鴉隊後，四人圍在那個地洞洞口，黑鴉隊在挖的東西無疑就在下面。蔡鏢頭點燃一小節樹枝扔下去，測出這個洞只有大約三人深，四人便一起跳下去。下面原來是一個半球形的空洞，四壁上都插了火把，洞內景物清晰可見。在洞的一頭，有一個約兩人高的柱狀物，外面用麻布包著，看不出裡面是什麼，麻布上貼著大約是封印作用的靈符。離這樣東西兩步遠的地方，有個鴉人靠牆躺著，好像是睡著了。蔡鏢頭走到那鴉人旁邊，拔劍指著他的頭，接著一腳把他踢醒。

鴉人醒過來，用了一會兒明白了眼前的形勢後，說：「你們敢殺我的話，黑鴉隊不會放過你們的。」

蔡鏢頭指了一下麻布包的東西說：「你告訴我們這是什麼，我就不殺你。」

鴉人笑說：「想知道自己打開來看啊。」

「哼，你以為我們不敢嗎？」

蔡鏢頭回頭示意王平讓他打開麻布。王平就走到那物體前掏出彎刀。鴉人忽然用恐懼的聲音說：

「住手，別打開！」

但王平已用刀劃開麻布，拉下來扔在一邊。鴉人說：「愚蠢啊，今天你我都別想活著離開這裡了。」

麻布後面是一個鐵籠子，鐵籠子裡乍一看是一團黑霧，仔細一看是有個坐著的人形身上散發出黑氣。幾人正看著，這個人形忽然從坐姿站立起來，有五六尺高，大叫一聲，用手撕開鐵籠子走出來。天賜、蔡鏢頭和兩位鏢師往中間靠，用劍對著這人。這人在黑氣的包裹中看不清面孔，之間他口中忽然現出一股藍光，迅速成為一團火球。天賜和蔡鏢頭反應過來，口中唸：「冰！」剛張開冰壁，一團火焰就朝他們撲過來。這火焰原來不是火屬性，並不熱，但一接觸冰壁就把冰壁消融了，冰壁後的四人被震得往後飛起。天賜身上沒有燒起來，但他卻感到異樣的被火烤般的撕裂感。這黑影人朝他們走過來，還倒在地上的王平擡手射出暗器，但對這人沒有一點影響。他兩步走到王平面前，一揮手，王平的身子就斷成了兩截，也看不出他用的什麼武器。

蔡鏢頭大叫一聲：「撤！從這裡出去！」三人就往洞口跑。跑在後面的那個鏢師被黑影人追上，一下被轟去了半個身子。天賜和蔡鏢頭從洞口飛了出去。

剛逃離洞口幾步遠，只聽背後一聲野獸吼叫般的喊聲，天賜回頭看，黑影人從洞口飛出來，站在地上，在月光下散著黑氣。天賜正和他對視著，猛然間這人朝天賜衝上來。天賜閉眼想：「這下完了。」片刻之後，卻沒有感到被擊中。睜開眼，卻見黑影人被散著紅光的繩索狀物體捆住，一動不能動。這繩索是從空中投下來的，順著繩索看上去，半空中又有個人影，身上籠罩著紅光。天賜回頭看了一眼站在兩三步之外的蔡鏢頭，再看天上那人，正不知所措，只聽見一個聲音從那人那裡傳下來，說：「天賜，你是龍族的後裔，身上應有龍氣，可以剋制地魔。可能在人間太久你已經想不起來怎麼發龍氣了，讓我幫你。」

話剛落音，一團白光從那人那裡降到天賜身上。瞬時間天賜只覺得有一股熱力從心窩處湧起來，讓他覺得自己充滿了力量。也沒有人教他，他伸出兩掌並行著，對著那黑影人，唸：「哈！」那黑影人發出一聲沉悶的吼聲，先是黑氣散去，接著人形的軀殼也被轟成碎片散去。消停之後，天賜先是注意到自己手臂上長出了鱗片，擡起來在月光下仔細看的時候，鱗片消失了。擡頭看天上，剛才幫天賜的神祕人已無蹤影。走到黑影人剛才所在的地方，像是被燒光了一般，看不到他留下的一點痕跡。

2

「這樣寫節奏是不是太快了點？」田非看著車窗外正在構思的時候，這句話從他嘴邊冒出來。也許在這裡應該再安排一個角色登場，比如他一直想放進去的獨臂刀王。對，這想法不錯。但田非還沒來得及細想，巴士已經到站了。巴士外面是嵐山的風景，山前集落般的一片建築之間，遊客般的行人在往來行走。今天天晴無雲。田非只好暫時收起對小說的構思，跟著前面的人從車上下來。研究室的人約在渡月橋的橋頭集合。田非已經來過嵐山足夠的次數，不用看谷歌地圖他也知道什麼地標在哪裡怎麼走去。車站下來的街道兩旁都是賣紀念品的小店，和往常一樣，這裡滿是遊客，許多穿著和服木屐。沿著這條街往南走，幾步路就來到了桂川邊上，渡月橋就在前面。遠遠望過去，離河面不高的渡月橋橋體呈現出具有年代感的灰黑色，像一根將近腐朽的木頭壓在桂川上面，配合對岸古舊的建築，即使在晴天裡也給人一種陰鬱的感覺。田非從站在橋頭的一群人裡看到了認識的面孔，便走上去。

和他同級的中村先向他搭話：「坐巴士來的？」

「嗯，走路的話太遠。」

說著田非轉向和秦豐學姐站在一起的簡洋笑說：「喲，好久不見。」

簡洋「嗯」地點了點頭。

加藤說：「這樣就到齊了吧。」

一個人回應說：「還有青木。」

「青木又是最後一個。」

「啊，來了來了。」

一個女生沿著便道跑過來，走到他們面前說：「不好意思遲到了，剛才有點迷路。」

加藤說：「那我們就出發吧。」

一夥十個人沿著桂川往前走，今天要走的路線似乎是寶嚴院→龜山→竹林→天龍寺→弘源寺這樣一圈。一開始一夥人走在一起，但沒走出幾步就分成了幾個小團夥，加藤和一個日本學生走在最前面，跟著三個日本學生，接著是包含秦豐的女生三人組，田非和簡洋走在最後面。田非想聽簡洋先說話，但簡洋一直到進了寶嚴院也沒開口。於是從寶嚴院出來後，田非就開始找話題。

「上星期藤井的發表我以為你一定會來，畢竟講的是你研究過的課題。」

簡洋口氣平淡地說：「上星期一整個星期都不大舒服，懶得出門。他講什麼？西田嗎？」

「就是你之前說過值得一做的西田和威廉・詹姆斯的比較。」

從這裡開始兩人討論了一陣研究的話題。

「西田的純粹經驗是從詹姆斯那裡繼承而來的，這是無疑的了，問題是他自己對這個理論又做出了多少擴展。藤井有提到西田在中期的時候提出說純粹經驗是在內在實現的，修正了詹姆斯向外擴張的純粹經驗的這個事情嗎？」

「沒有，藤井只是比較了兩人早期的理論，從《善的研究》中摘出響應詹姆斯的句子，證明兩人開始時的確對純粹經驗有一致的看法。」

「那他這研究還做得不徹底。你要做文學比較，肯定不能只講相同的，重點還是要放在不同上面，不同的地方才顯現作者各自的特點。」一講到研究的事情，簡洋眼中像以前一樣閃現活躍的光彩。

走到龜山的展望臺上時，兩人扶著欄杆，瞭望嵐山這個峽谷的景致。秋天這裡是賞紅葉的名所，這時因為是夏天，山坡上生長的樹都是綠的。兩人談了一陣各自的研究。

簡洋突然說：「非，你讀過井上靖的東西嗎？」

田非看向簡洋：「我沒讀過。他是戰後才有名的吧。」

「我最近想看一點他的東西。」

「咦，那你不研究芥川了？」

「不是我要放棄，就是最近一陣子沒什麼進展，所以想換換思路。前段時間在一本選集裡偶然讀了他的一篇短篇，感覺還有點意思。而且我搜了一下，研究他的人還不多。」

「但是你的研究一直是在大正時代，戰後的作者你能應付？」

「試試看吧，也不想一直把自己局限在一個時代。」

田非聽了沉默了起來。他想，簡洋要犯錯誤了。這時候他應該勸簡洋，讓他不要換課題，而是繼續他之前的研究，因為對博士生來說換課題是傷筋動骨的事，搞不好會影響到能不能畢業。但想了一會兒，田非什麼也沒有說。

四年前剛認識的時候，簡洋給了田非一種耳目一新的感覺。那時簡洋剛到京都，對什麼都很好奇，什麼都想問，話特別多。那段時間他們幾乎每週都會一起出去，去爬山，去逛無名的寺廟，去三條買東西。小桃來了之後，他們還是保持每週一起出去一次的頻率，只是由兩個人變成三個人。簡洋話真的很多，三人在一起時，大半時間都是簡洋在說話，說自己的過去，說現在的世界形勢，田非和小桃彷彿只是在恰當地應和。和這對夫妻在一起對田非來說是一種全新的經歷。因為他很早之前已做好了獨身的打算，對於婚姻是什麼並沒有太多的考慮，是從這對年紀比他小的夫妻身上他第一次近距離看到了婚姻的實情。因為有簡洋和小桃，那一年對田非來說充滿了許多有趣的回憶。大約從兩年前開始，不知道是什麼原因，簡洋忽然變得沉默起來，也不喜歡出門了，他們三人一起出去的經歷就越來越少。而田非對簡洋的印象始終都停留在那一年，因為有簡洋而使京都這個城市變得異常精彩的一年，好像簡洋就是京都的化身。而現在的簡洋，田非似乎始終都沒有接受，好像他只是一個假象，一個有簡洋的形狀沒有簡洋的精神的空殼。

從竹林出來，加藤忽然決定改變路線，從往北的小道穿出去，往二尊院的方向過去。田非和簡洋還是跟在隊伍最後面。

簡洋忽然對田非說：「你週六有沒有空？」

「怎麼了？」

「小桃說想去看一個畫展，我不是特別感興趣，我想你要是有空要不你陪她去好了。」

田非想了一下說：「你不想去？」

「我想在家裡看書。其實今天這個郊遊我本來也不想來的，小桃叫我一定要來。來了也就是那麼回事，看一些無聊的景物，還不如在家看書呢。」停了一會兒又說：「你和小桃還可以聊聊你的小說。你不是在寫新的小說嗎？」

田非沉默了片刻說：「你要這麼說的話，我是可以跟她去。」

「那就說定了。」

最後一段路田非和別的學生聊了聊，先是跟一個叫高木的學生聊了一會兒動漫，然後走到秦豐身邊。走了幾步路沒有說話，然後秦豐先開口說：「你好像和鍾喜單獨見面了？」

「對，她說想聊聊我的小說，所以和她喝了一次咖啡。」

秦豐笑了笑說：「你那賣不出去的小說還挺多人關心的。」

田非想了想說：「學姐，你是對男性完全沒有性的反應嗎？」

「是啊，怎麼了？」

「不是想冒犯你的隱私，只是因為你的女朋友說她對男生是有反應的，只是沒有對女生的反應那麼強，所以我想這個可能不是非一即零的，而是存在一種中間的狀態。」

「鍾喜這麼跟你說的？」

「是啊。」

秦豐沉默了片刻後說：「她還真敢說。」又說：「如果是這樣，你何不和她交往看看，確認一下她究竟什麼傾向？」

田非笑說：「我怎麼敢橫刀奪愛。」

郊遊結束後田非回到家，煮了一碗麵吃了，然後打開電腦，把白天構思的部分寫到文檔裡。寫完後他把這部分發給了邱桃。大約一小時後，田非正看著書，手機收到了邱桃的消息。「怎麼會有一個獨臂刀王冒出來，太突兀了吧。」

田非想了想回覆：「之前不是提過主角有一個舅舅，但是從沒有具體介紹過？我想就把這個獨臂刀王設定成主角的舅舅。這樣就不會太突兀了吧？」

幾分鐘後小桃發消息過來：「這樣倒是可以。但是還是覺得獨臂刀王這樣的角色不適合這篇小說，你這篇小說又有神仙，又有龍，又有法術什麼的，獨臂刀王聽著就是很傳統的武俠的感覺，和你這篇也太不搭了吧。」

過了一兩分鐘，田非還沒回覆，小桃又有消息過來：「洋洋說你答應週六跟我去看畫展？」

田非回覆：「是啊。」

「太好了。洋洋不跟我去，我正擔心找不到伴呢。」

「你自己去不行嗎？」

「自己去很沒意思啊。難得有這麼好的畫展，想讓其他人也看看。」

「是什麼內容的？」

「浮世繪。有北齋的作品。」

「原來如此。」兩人便約了見面的時間地點。

和邱桃交換完消息後，田非躺在床上，想了一會兒齊雯。他的思緒又回到了大學的第一年。那時由於什麼原因，他覺得這個女生還挺有趣的，有一天傍晚在校園裡碰到她，就約她一起去吃飯。那時她的反應就像邱桃這時一樣，顯得很高興的樣子，說：「好啊好啊，我也正想找人吃飯呢。」過了幾天，田非下課時在教室外碰到她，又約她去打羽毛球，她也是很高興地說：「好啊，我正想做點運動呢。」不知為何，約了齊雯這兩次之後，田非猛然失去了對這個女生的興趣。有可能是田非覺得約她太容易了。回想起來，那樣輕易答應田非的邀請的女生，那之前、那之後都沒有過。而那時的田非有一種接近瘋狂的挑戰欲，他想要一個困難的目標，一個讓他即使使出全力也未必能得手的目標。所以他很快把注意力從齊雯身上移開，轉向那些出名地難追的女生，系花、學生會會長什麼的。要到五六年以後，田非才第一次認識到一個從不拒絕自己的邀約的人的可貴。

跟小桃約了這天下午兩點在國立博物館前面見，一點半田非從家裡出來，在百萬遍搭了巴士。這天是個陰天，從百萬遍到七條這一路上，路旁的建築彷彿都籠罩在陰鬱中。隔著兩三個店面會出現一次的古舊的町屋不必說了，在這陰天中更顯沉重，就連普通的事務所小樓、便利店、咖啡屋，都灰濛濛的很不明朗。到了八坂神社，還是一樣有一群遊客模樣的人上來，擠在座位之間的過道裡，四五個說漢語的中年男女大聲交談著買票的問題。到了五條坂，下去半車的人，又上來半車的人，最後擠上來的幾個女生穿著與這巴士簡陋的車體不相襯的華麗的和服。一個乘客下車刷卡沒刷成功就下去了，司機大聲叫他回來再刷一次。

田非在七條下了車，走了兩三分鐘來到國立博物館門前。小桃已經在那裡了，見到田非就揮手和他打招呼。田非走到她面前，她笑說：「感覺好久沒見了。」

她穿著一件米黃色的中間有一排釦子的連衣裙，腳上一雙涼鞋。

「是啊，有兩個月了吧。」

「你最近好嗎？」

「不是在LINE上都有說嗎？」

小桃笑說：「當面問感覺還是不一樣。」

兩人買票進了博物館。這個畫展對小桃來說意義可能更大一些，因為她畢竟大學時是學美術的。田非只是來看個熱鬧，覺得有些畫好看，有些不怎麼樣，要說理由也說不個所以然。倒是聽小桃介紹畫家的軼事更有意思些，說這個叫北齋的畫家年輕時怎麼放蕩不拘，常常在煙花之地逛蕩，到了七十二歲時忽然厭世了，決定拋下一切去旅行，在富士山周圍流浪，畫下了有名的富嶽三十六景。

兩人花了兩小時看完了這個畫展，出來的時候剛過四點，小桃提議去喝個下午茶，兩人就走進博物館旁邊一家咖啡屋。小桃看見櫥櫃裡有一款漂亮的蛋糕，說：「看著挺好吃的樣子。」田非便說：「你點吧，我請你。」

小桃笑說：「真的嗎？那我不客氣了。」

點完兩人找了張空桌子坐下來。坐下後小桃看了一圈店裡的布置，看到桌上放砂糖的小瓶插著一個星星，便拿起來玩了玩，片刻後放下笑了笑說：「感覺能這樣和你來看畫展，又一起喝咖啡、吃蛋糕，真是挺奢侈的。」

田非說：「你要願意我們可以常常出來。」說完覺得不妥，隨即補充：「和簡洋一起。」

小桃搖了搖頭說：「不行，我最近真的太忙了。我現在在打三四份工。昨天晚上在餐館端盤子端到半夜十二點，回到家都快一點了。今天早上又六點就起來做那件翻譯的工作，總算在中午之前做完發了過去。這樣才能安心來和你看畫展。」

田非想了想說：「你們現在經濟上有困難嗎？」

小桃說：「只是錢倒是沒什麼大不了的。學費家裡幫出了，兩人的生活費我努力一點還是能掙出來的。只是今年沒申請到學費全免這件事，對洋洋精神上的打擊還挺大的。你有沒有感覺今年以來他常常都悶悶不樂的？」

「有感覺。」

「今年我們常常因為一點小事就吵架。當然最後我都讓他了。我剛認識他的時候，就覺得他性格像小孩一樣，想到什麼就做什麼。可能和他從小被慣大的有關吧。來日本以後我覺得他好像有變得成熟穩重一點，但現在看來又好像不是這樣。像是為了什麼菜鹹了一點就跟我吵，也不管我是剛下班就趕回來給他做飯的，就覺得他還是小孩脾氣。以前我們也有類似這樣的時期。」小桃說到這猶豫了一下，田非靜靜聽著，這段經歷他還從沒從小桃或簡洋口中聽到過。「就是大學畢業後那一年，我當時在杭州找到工作，他沒去找工作，就在家裡待著，所以我們是異地的狀態。那時和現在的狀態很像，一打電話就為了一點小事吵半天。有一次他還跟我提出要離婚，我在電話裡聽了差點昏過去。那時會心想，我這樣全力維持兩人的關係算是在幹什麼。後來就像你知道的，他開始畫漫畫，在雜誌上發了一些作品出來，精神安定了一些，我們的關係才恢復。」

田非感覺到小桃在描述中彷彿在示意著什麼，但那是他不會去碰的事情。他想了想說：「簡洋是這種性格的，他有很多精力需要發洩，如果不能創作一點什麼，他就會跟身邊的人折騰。只要能幫他找到發洩的渠道就好。」

小桃說：「我真的太難了。他那麼聰明的一個人，還要我這種智商平平的人去為他的人生拿主意，有時感覺這真的不是我幹得來的。最近又開始會想，這個婚姻是不是一個錯誤。」

田非感到這時他不管怎麼回應，都只會使話題向那件事靠近，所以他不吭聲了。

沉默了一兩分鐘，小桃笑了笑說：「不說這些沉重的話題了，和你出來應該開心一點，我們聊聊你的小說吧。」

於是兩人聊田非的小說一直聊到五點多離開咖啡屋之前。

兩人從咖啡屋出來後往巴士亭走。小桃他們住在今出川同志社大學附近，回去和田非是坐不同的巴士。兩人在巴士亭看了一下時間的標示牌，是小桃的巴士先來。

「回去後做飯吃？」田非說。

「是啊，難道指望他做給我吃嗎？你呢？回去後做飯吃？」

「是啊，昨天買了筍，今天可以和花菜炒來吃。」

「真好。」

正說著遠遠看到小桃的巴士在路上出現了。

小桃忽然說：「不知怎麼，想到就要這樣回家了，感覺有點寂寞起來。」

田非聽了看向小桃的臉，小桃卻只凝神看著前方。那一瞬間田非忽然產生了一個想法，他想和小桃上同一輛巴士，把她送到家後再回去。但他最終沒有動，只是看著小桃上了巴士，巴士緩緩遠去。

第四章

1

天賜看著面前這塊告示板，上面貼著幾幅告示，其中一幅天賜已經在不同的地方見過許多次了。告示擡頭寫「懸賞」，一邊畫著一個看似是少年人的頭像，一邊寫著：「反政府組織白蓮會成員，諢名天賜，砍傷砍死多名政府官員，罪大惡極。現懸賞捉拿，如有人將其捉拿押至官府者，賞銀五百兩，提供行蹤消息者，賞銀一百兩。」

天賜哼了一聲自言自語說：「這頭像畫得真差。」說著走開了。

往街道前面走了幾步，這裡路邊有個小吃攤，天賜掏出銅錢買了一碗油茶和一塊餅，坐在攤前的小凳上，揭下蒙面的布巾，吃餅喝茶。看著街上的行人穿著與中土的人不同風格的衣服，為了防沙許多人臉上蒙著布巾，天賜想：「這裡就是拉薩。」算了一下他離開揚州城已經半年了。那一晚和蔡鏢頭戰完地魔，回到城裡後，蔡鏢頭想了兩天，來和天賜商議。這一戰弄清的事有兩件，一件是黑鴉隊正在挖掘地魔。地魔是上一回邪王降臨，也就是三百年前的魔人之亂的時候，邪王從地底召喚出來的黑暗部隊，數量大約有一百人。邪王被消滅之後，地魔也就歸回地中。現在黑鴉隊在挖掘地魔，說明他們跟邪王是有聯繫的，因為只有邪王能操縱地魔。蔡鏢頭說，很可能邪王很快就會轉生降臨，不，說不定已經活在這世上某處了。如果他們最終的敵人是邪王，那就要依賴他們的第二個發現，就是天賜的血統。三百年前的魔人之亂時，最終龍族是用一把由創世神授予的神劍打敗了邪王。這把神劍只有有龍族血脈的人才能使用。消滅了邪神之後，龍王把這把神劍交給西域的大明王保管。天賜既然是龍族的後裔，就應該去西域尋找這把神劍。大明王隱居多年，江湖上沒有什麼他的傳聞，天賜到了西域大城拉薩也許能打聽到一點消息。這麼決定之後，天賜就踏上了往西域的旅途。

可能當時留下活口的那個黑鴉隊士兵回去後做了舉報，官府好像知道了天賜的存在。天賜從揚州出發到拉薩經過二、三十個城鎮，幾乎每個廣場上的告示牌都貼著一張懸賞抓他的告示。可能因為那人像確實畫得太差，別人認不出來，總之沒人因為那告示來找過天賜的麻煩，天賜用一個假名進城住店都沒問題。

吃完餅喝完茶，天賜在街上走了走，找了一間看著挺熱鬧的酒樓進去。酒樓底下是吃飯的地方，這時坐了二、三十人，說話聲響成一片。天賜向掌櫃要了一間樓上的房間。進房間稍微休息了片刻，天賜下樓來，還是找掌櫃。

他對掌櫃亮了一下腰間配著的劍說：「掌櫃，你看，我是一個武夫。我現在手頭有點緊，但我可以幫人解決麻煩。要是你知道有誰有麻煩要解決，又願意出個二三銀子，還望你能告訴我。」

天賜說的是實話，他從揚州出來時帶的盤纏已經用得差不多了，他需要打工掙點錢。他之所以選這家人多的客棧，也是覺得這裡有更多找到工作的機會。

掌櫃上下打量了一下天賜，說：「你是中土人士？」

「是。」

「可有門派？」

「我是崑崙山劍尊的弟子。」

「原來如此。」

掌櫃捻了一下鬍子，說：「有一份工作不知道你能不能做。本城西北部的便道最近出現了一群沙蟲，襲擊過往路人，本城已經有好幾個人遇害。如果你能剿滅這群沙蟲，我給你十兩銀子。」

天賜聽了說：「交給我吧。」

掌櫃說：「應該是有五隻沙蟲。你剿滅了牠們後來向我報告，我會派人去檢驗。」

天賜從酒樓出來，準備立刻出發做事，掏出指南針看了看，又擡頭確定了一下方位。正四下看的時候，天賜看到一個人影，在和他隔著兩三棟平房的一棟房子的屋頂上，蹲在屋樑上，正看著天賜的方向。這個人已經跟了他三天了。三天前天賜在路上殺了一夥劫道的山賊後，就開始注意到有個人跟著他。這個人也不隱藏行蹤，天賜走在荒原上時，這個人就明目張膽地跟在他後面約五十步遠的地方，也不躲藏，但也不靠近，天賜停步他就停步。天賜晚上在客棧過夜，第二天起來上路，走了一段，這個人又在他後面出現。天賜遠遠地看不到這個人的容貌，只看出他是中等身材，穿著山賊常穿的黑衣褲，從走路的姿態看來應該是年輕人。這人不上來表明身份意圖，天賜也不理睬他，只任他跟著。這時看到這人蹲在兩層樓的房頂的房樑上，只覺得好笑，也不知他爬那麼高幹什麼。

天賜出了城沿著便道往西北方向走。這一路的土地都是乾燥的沙土，少有植被，隨地可見裂縫。走了約有一里路，便道前面有一塊區域土像被翻過一樣顯得很凌亂。走近一點，可以看見地上躺著四五具屍體，都有被噬咬過的痕跡。天賜正想從他們的衣物確定他們的身份時，地面忽然震動起來。猛然間一隻沙蟲從地裡鑽了出來。這沙蟲比天賜預期的大許多，身體有一尺粗，從地上立起來能達到五尺高，比人還高，立著時一身的節足不停擺動。天賜面前的這隻沙蟲立了片刻，頭部猛地朝天賜撲過來。天賜揮劍擋開了牠張開的嘴，立即又使出「去勢」砍下了這沙蟲的頭。另一隻沙蟲從三步遠的地方鑽出來，張口朝天賜噴出不知什麼液體，天賜使出火幕消散了液體，同時拋劍出去，來回刺穿這隻沙蟲的身體。這隻沙蟲倒下的同時，天賜背後鑽出兩隻沙蟲，朝天賜撲上來，天賜憑氣息感覺到沙蟲的方位，使出「回閃」，轉身的同時揮劍，一刀砍下兩隻沙蟲的頭。第五隻沙蟲直接從天賜腳下鑽出來，天賜跳起朝沙蟲伸出手掌，唸：「爆炸！」隨著爆炸的氣流跳向一邊，又趁沙蟲被炸昏的時候揮劍把牠砍成兩半。打完後天賜站著用一小會兒平定了氣息，看著地面數了數，確實有五隻沙蟲的屍體。他便把劍收入鞘中。

「挺厲害的啊。」一個人的聲音從天賜身後響起，同時還有拍掌聲。天賜轉過身，看到是這幾天一直跟著他的那個人走到了他後面。這人看面孔原來是和天賜差不多年紀的少年。

「我還在想要是你不行了要不要上來救你，看起來是白操心了。」這人笑說。

天賜並不理他，只是從他身邊走過，往拉薩城的方向回去。

這人從他後面喊說：「你不是人類吧？」

天賜聽了回想起那晚與地魔交戰後手臂上生出的鱗片。雖然心裡知道大概是這樣，這還是天賜第一次聽到人對他說：「你不是人類。」

天賜轉身朝向那人，問說：「你憑什麼這麼說？」

「憑氣味。你雖然是一個普通人的模樣，只憑看的可以騙過很多人，但你的氣味騙不了人。你身上有人類沒有的氣味，我一聞就能聞出來。我的鼻子很靈的。」這人說著似乎因為得意摸了摸鼻子。

天賜說：「所以你想怎樣？」

這人左右看了看說：「也不是想怎樣，就想跟著你，看看你去哪裡。因為你看起來像是準備去做什麼好玩的事的樣子。」

天賜本想不理這人轉身而去，但他忽然想到，這人身上或許有什麼有用的信息，便又問他說：

「你可知道一個叫大明王的人？」

這人聽了笑起來說：「原來如此，你是在找人啊，有意思有意思。」

「所以你知道還是不知道？」

這人低頭作沉思狀，片刻後說：「我沒聽說過你說的人。不過我知道一個人應該知道。她什麼都知道。」

「你能帶我去見這個人嗎？」

「可以啊。」這人說著擡頭看看天色：「不過我們走到她家要花一天的時間，你不想回城裡休息一晚再去？」

天賜說：「好主意。」

兩人就一起往拉薩城的方向走回去。

「對了，我還沒說我的名字，大家都叫我豪凌。你叫什麼？」

「天賜。」

回到拉薩城天賜住的酒樓時街邊的燈火已經都亮了起來。在酒樓門口天賜對豪凌說：「要不要我給你訂個房間讓你也住這？」

豪凌擺擺手說：「不要不要，我才住不慣那種房間。」說著他四下看了看，指了指街道對面說：「我就在那裡過一晚，明天你出發時叫我就行。」

天賜看了看豪凌指的地方，除了一面土牆什麼也沒有。「你確定要這樣？」

「當然。」豪凌說著朝那面牆走過去，靠著牆蹲坐下來。天賜便隨他去，轉身走進酒樓。他對掌櫃報告了消滅沙蟲的事，掌櫃說第二天一早會叫人去檢查。天賜便在酒樓睡了一晚。第二天起來去找掌櫃，掌櫃已經收到了沙蟲的檢查報告，把十兩銀子交給天賜。

從酒樓出來，外面陽光明朗，豪凌在那面土牆的陰影裡正趴著睡覺。天賜過去搖醒他。豪凌睜開眼，抹去口水說：「早啊。」

天賜說：「你洗個臉我們就出發。」

「嗅。」

豪凌走到前面一口水井邊打水洗了臉。兩人從拉薩城出來往西南方向走，走著走著豪凌摸了摸肚子說：「好餓，你有吃的嗎？」

天賜從背袋裡取出一塊餅給他，豪凌兩三口吃了。

「我們要去見的婆婆是一個很好的人，小時候她常常給我吃的，還罵欺負我的人，幫我抱不平。」

天賜聽了說：「你是在這一帶出生的？」

「我也不知道自己在哪裡出生的，反正從有記憶開始就在這一帶混了。」

天賜聽了不說話。豪凌反問說：「你呢？老家在哪？」

「我也說不上來老家在哪，有一個我以為是我老家的地方，但我好像不是在那裡出生的。」

「那無所謂，反正你還有個地方可以回去。」

「不，那個地方已經不存在於這世上了。」

「是嗎？那麼你沒有地方可以回去了？」

「沒錯。」

「原來如此。我也一樣。」

將近傍晚時兩人走近荒原上一間屋子。從外面看這是一棟石頭搭的屋子，大小大約僅夠一個人在裡面生活。屋子外面有一座比屋子稍高的石塔，由從小到大的幾塊圓形石頭搭成，最高的石頭上綁了五條繩子連到地面，繩子上有一些彩色的布質小旗。豪凌帶著天賜從石屋的門進去，一進去便喊：「布婆婆，我帶了一個朋友來看你。」

坐在屋後方的床上，似乎正在編織東西的一個女人擡頭看他們說：「豪凌，你很久沒來看婆婆了喔。」

女人大約六、七十歲的年紀，臉上滿是皺紋，花白的頭髮編成一條辮子。

「婆婆，有吃的嗎？我走了一天路都餓了。」

「竈上的餅你可以拿去吃。」豪凌聽了就從竈上拿餅起來吃。

布婆婆看向天賜說：「你是豪凌的朋友？」

天賜笑說：「其實我們昨天才認識。」

豪凌從一旁補充：「他是從中土來的，在找一個叫什麼，大明王的人。」

布婆婆聽了臉色嚴肅起來，說：「你找大明王幹什麼？」

天賜覺得有必要對這個女人說出實情，便說：「我想找大明王拿龍族託他保管的神劍。如果邪王拉達已經降世，我需要用這把神劍打倒他。」

布婆婆露出驚訝的神色說：「神劍？難道你是龍族的後裔？」

天賜點頭說：「是的。」

「那也許你就是我看到的異象中的那個人了。」

豪凌說：「什麼異象？」

「二十年前，有一晚我夢裡看到一個異象，邪王拉達降臨世上，世界陷入黑暗，在其中一個有龍族血統的少年出現，用神劍消滅了邪王。我一直不解這個異象的含義。這幾年天下妖氣大漲，有人說邪王已經復活，我還不大相信。現在你來了，看來這個異象所說的是真的了。」

「那你可知道神劍的下落？」

「我不知道神劍是不是在那裡，但如果你要找大明王，我倒是知道他在哪裡。從這裡往西大約五十里地的地方有一座山叫清風山，大明王的宮殿就在那山的山腳下。如果大明王還住在那裡，那他也很少出來活動，我有二、三十年沒聽到過他的新消息了。總之你想找大明王的話就先去那裡看看。」

「多謝婆婆指點。」

布婆婆轉向豪凌說：「豪凌，看來你遇到這位龍族的後人也不是偶然，也許上天安排了你要跟他去完成這個打倒邪王的使命。從現在起，你要一直跟著他，直到他的使命完成為止。」

豪凌這時坐在牆角，擡頭看了看一旁說：「是嗎？婆婆這麼說的話，那沒辦法了，我只能跟著你啦，天賜，這是上天安排的。」說著他好像很高興似地笑起來。

布婆婆對天賜說：「少年，你把豪凌帶上，雖然他是個傻小子，又經常會闖點禍，但關鍵的時候他會有用的。」

天賜點頭說：「好。」

兩人在布婆婆家過了一晚，第二天一早出發前往清風山。兩人走了兩天兩夜，途中把逮到的野兔當午飯，晚上在荒地上點一個火堆睡在火堆旁邊。第三天上午他們看到前面一座灰黑色的山很貼近布婆婆的描述，應該就是清風山。走近了之後，他們留意山谷裡，又發現靠著山腳有一座白色的人工建築。走近這棟建築，發現那是一棟被圍牆圍著的房子，圍牆裡應該是院子，越過圍牆可以看到房子有三層高，最上層開著七八個窗戶。圍牆中間有一扇紅漆的大門，天賜走到門前敲了敲門，一會兒後一個女僕模樣的人來開門，天賜便問：「大明王是在這裡嗎？」

女僕說：「我家主人現在不見客。」說著要關門。

天賜又說：「你去告訴你家主人，龍族的後人來拿神劍。」

女僕聽了看了看天賜，說：「請稍等。」

進去後過了半炷香工夫，一個大叔來到門前。這人年紀大約五、六十歲，穿著一套整齊的衣服，他問天賜：「你說你是龍族的後人，可有憑據？」

天賜聽了從腰間的布袋取出當年孫大娘交給他的玲瓏玉，遞給大叔看了看。

「好像是這麼回事。」大叔把玲瓏玉遞還給天賜，又說：「但是我們現在幫不了你。大明王已經在三十年前歸西了，現在主持這個清風宮的是大明王的女兒雪月公主。」

天賜說：「那雪月公主知道神劍的下落嗎？」

大叔說：「她應該知道。但是，你們跟我來吧。」大叔帶著天賜和豪凌進了門，穿過院子，走進那棟白色的樓房，穿過大廳，沿臺階上到三樓，走到走廊最裡面的一扇門前，開門進去。這裡像是一間臥室，中間一張床，牆邊有衣櫃。大叔讓兩人走到床邊，天賜看到床上躺著一名女子，看相貌像是十七、八歲的少女，藍色的頭髮，表情安詳。

「雪月公主三年前出門時遇到妖風襲擊，從那時起就一直沉睡不醒，所有的醫生看過之後都沒辦法，所以也不知道她什麼時候能醒來。」

2

寫完這一段田非合上電腦，打開窗戶，給房間換換氣。窗外的景色是他住在這裡三年來一直看到的同一面風景。對面是一排黑色房頂的舊式民宅，全部是兩層的結構，其中一家是點心店，門口掛著簾子。越過這排民宅後面是另一排民宅，樣式稍有不同，有一棟白頂的小樓顯然是最近新建的。再遠處可以看到一棟七八層高的大型公寓樓立在一片民宅的屋頂之上。田非的公寓在三樓，和電線杆拉起電線的位置同樣高度，又因為公寓樓前面就是一個電線杆，窗外的景色被交叉拉著的電線切分成許多塊直邊的幾何形狀。這些形狀互相擠壓，每一塊都逃不出自己的邊界，盯著看彷彿能令人窒息。這天是個陰天，看不到六月強烈的陽光，低沉的烏雲密布在天上，看著像要下雨。

拿起手機看看時間，是早上十一點，沒有新消息。在床上躺了十分鐘後，田非決定去跑個步。換上球衣短褲，穿上跑鞋出門。先走五分鐘到鴨川邊上，走到河合神社旁邊的這道橋下，然後沿著河邊小道往南跑。從這裡跑到三條大橋再跑回來差不多是五公里，稍作鍛鍊合適的長度。春秋季節很多人在鴨川邊上跑步，但這盛夏的中午看來到底不適合跑步，田非一直跑到三條也沒看到另一個跑步的人，只有坐在河堤上或者在水裡玩水的人。等從三條大橋跑回河合神社時，田非氣喘吁吁汗流不止，心想也不知為何他會突然想起要跑步。

回家洗了澡，打開冰箱看到有肉末有番茄，就做了一份義大利麵吃了。吃完他拿起一本材料想讀一讀，發現自己心不在焉，不能集中注意力。於是他打開收音機躺在床上聽著。是有這樣的日子，做什麼好像都不對勁，田非想。不如出去找人說說話？他倒是知道今天傍晚在三條有一個會話的聚會。這個每週舉辦聚會在京都的外國人圈子裡似乎還挺有名的，田非剛到京都不久就有人向他推薦，他也參加過幾次。雖然和陌生人很難一下就聊得熱乎，但如果只是想找人說說話，總之有這樣的去處。

到了四點半雨還沒有下，田非拿著雨傘出了門。他走到京阪出町柳站，從那裡坐京阪電車到三條。從京阪三條站出來，車站入口旁邊是一棟小樓，二層是一家酒吧，談話會就在這家酒吧舉辦。這是一家英式的酒吧，門口放著一個歐式的酒桶，進去裡面燈光昏暗，對著門是一個吧檯，吧檯後有個總在擦杯子的酒保，酒保身後是放著琳瑯滿目各種酒的酒櫃。田非瞭解這個聚會的程序，他走到吧檯的一頭，對拿著一個小本的年輕男子打了招呼，男子看到他笑說：「呀，田桑，好久不見。」

這個是幫忙組織這個聚會的義工，田非之前來時和他聊過兩三次。不過田非差不多三個月沒來過了。田非掏出五百元硬幣遞給他，然後接過他遞過來的貼紙和筆，在紙上用英文寫下自己的名字，旁邊再寫上「日語」、「中文」、「英文」，把貼紙貼在胸前。這貼紙是為了告訴人自己能說的語言。來參加這個聚會的人在這貼紙上寫著三四種語言的很普遍。田非的英語是拿不出手的，但既然這裡是英式的酒吧，姑且寫上襯襯氣氛。

接著田非去點了一杯可樂，拿著走到小廳裡。這間約二十平米的小廳兩邊排著沙發，中間擺著三四張沒有配椅子的圓桌，一側牆上掛著射飛鏢用的靶子，另一側牆上掛著四十吋的平板電視，電視裡放著足球比賽。這時小廳裡約有十來人，三五一群坐在沙發上或圍著圓桌站著，每一群中間都有一人在講話，其他人聽著。田非走向圍著的人比較少的一張圓桌，湊到桌邊。這一桌三個人田非都沒見過，一個是金髮的西方人男青年，一個看神情顯然是日本男人，年紀在三十歲上下，還有一個年輕的日本女生。

金髮青年轉向田非伸出手想握手的樣子，同時用英語說：「你好，我叫亞利克斯。」

田非握了握他的手，用生硬的英語說：「我叫田非。」

「聽這名字，你是中國人？」

「是的。」

「你從中國的哪裡來的？我去過上海、大連。」

「廣西。」

「呃，那是哪裡？在東邊？西邊？」

「南邊。」

這時剛才那個義工男生過來，對他們亮了亮手裡一張紙，紙上用英文寫著「日語時間」。金髮青年對田非說：「你以前參加過嗎？我是第一次參加不知道這裡的規矩，現在是怎麼回事？」

田非便向他解釋，這個兩小時的聚會分成兩個時間段，每個時間段都分成兩個部分，前一部分用日語講，後一部分用英語講。一個時間段後大家換桌子，再和不同的人講話。所以現在有半小時的講日語的時間。

「原來如此，所以我們現在說日語嗎？」

「是的，如果你願意的話。」

金髮青年停頓了一下，用生硬的日語說：「我的名字叫亞利克斯，請多關照。」

年輕的日本女生說：「好厲害，你是會講的嘛。亞利克斯在京都做什麼？」

「我是來做交換生的。我是從荷蘭來的。你呢？」

「我叫裕子。我在京都上班。」

「第一次見面，請多關照。」

又說了一陣後，金髮青年不再勉強說日語，用英語和他旁邊的大叔攀談起來。田非轉向日本女生。「你在做什麼工作？」

「我是旅行社的導遊。」

「噢，難怪你會說英語。」

「你呢？」

「我是學生。」

「哪個學校的？」

「京都大學。」

「哇，好厲害，你知道京都大學是關西頂尖的大學吧，我弟弟就想考京大，可惜考不上。」

「你家在哪？」

「我家在神戶，我開始工作後才來的京都。」

「原來如此。」

「你在大學學什麼專業？」

「文學。」

「噢，我一直挺好奇文學專業是學什麼的。」

「就是讀書，寫評論。」

「那你們讀什麼樣的書？」

「我是做小說的，所以讀的都是小說。」

「比如？」

「三島由紀夫。」

「哈哈，原來如此，《金閣寺》。」

「有沒有興趣哪天跟我去金閣寺拜拜？我可以和你講講金閣寺的故事。」

「好呀。」

兩人說著拿出手機來互加LINE。沒一會兒那個義工男生拿著另一張紙過來，提醒他們「英語時間」。這回亞利克斯重振雄風，開始用英語滔滔不絕，其他三人跟不上他的語速，只能聽著，偶爾地插一兩句話。亞利克斯談京都的食物，大阪的食物、荷蘭的食物，還有各種酒的話題，不知不覺就講了三十分鐘。義工男生拿著另一張紙過來，提示他們「交換對手」。一屋子坐著或站著的人這時都走動起來，田非對裕子點頭示意了一下，往另一張桌子走過去。

換位時間結束，田非在的這一桌還是四個人，三人田非都沒有見過，兩個西方人一男一女，還有一個日本男生。四人做了自我介紹報了名字、職業。原來西方人男的在一家語言學校當老師，女孩是留學生，日本男生是公司的營業員。他們談了一會兒，那個語言老師在日本已經十年，去過日本各種地方，遊歷豐富。聽他講他的遊歷時，田非對那個日本男生忽然起了在意，可能是因為他臉上有一種不常見的溫和的笑容。等語言老師轉向那個女留學生單獨說話時，田非就向這個叫健太的日本男生搭話。

「你的公司是做什麼的？」

「我的公司是做網站的。不過我對編程什麼的完全不懂，我只是跑業務的。」

「原來如此。」

健太忽然對田非說：「田桑的夢想是什麼？」

田非聽了一愣。這還是第一次在這個聚會上有人問他這個問題。一般這個聚會的話題無非是工作、愛好、學語言、各國旅遊的經歷，這個男生的問題不知從何而來。

田非想了想，隨口編了說：「我的夢想？大概是成為歌手吧。」

健太笑說：「很好的夢想。田桑想過要怎麼實現這個夢想嗎？」

田非也笑說：「夢想就是因為不能實現所以才叫夢想的吧。」

「不，夢想只是現在不能實現，如果你有目標有計劃，不放棄的話，總有一天會實現的。」

「那健太的夢想是什麼？」

「我的夢想是環遊世界，然後將來開一家賣玩具的小店。現在是做不到的，錢不夠，所以我在努力存錢。每個月的工資都儘量存起來，雖然少，但也是向目標一點點靠近。」

兩人聊了一會兒健太為什麼會有開玩具店的夢想。看起來小時候的經歷對健太影響很大。至於為什麼田非想當歌手，田非隨口編了一個故事。不知不覺已經到了聚會結束的時間，周圍的人都拿起包動起來了。

健太對田非說：「我一開始就覺得田桑和其他人不大一樣，一聊果然如此。」

田非聽了心裡被撥動了一下，想了想說：「如果不是健太，我還不知道自己會對一個初次見面的人說自己的夢想。」

「其實我也是別人先對我說，我才明白的。也是在這個聚會上，那一次有一個女生忽然和我說起夢想的事，說著說著我忽然明白，人不能只為眼前的麵包活著，還是要有一個可以追逐的夢想。」

「確實如此。」

健太停了停說：「要是田桑有興趣，要不下次到我家來，我們可以一起做蛋糕，然後再接著聊今天沒聊完的。」

「你會做蛋糕？」

「其實也是上次那個女生教我的。」

「看來這個女生對你影響深遠。」

「是的。」

田非想了想說：「好呀，我其實也想和健太再繼續聊聊。」

「那就這樣說定了。」

兩人便拿出手機互加了LINE，又約定了下週六田非去健太家。

接著一連幾天都是雨天。田非在自己房間裡，聽著雨聲看書、寫小說，總覺得有些心不在焉。中間一天晚飯過後，小桃在LINE上給他發了一條消息，配一張圖，一件木質浮雕的照片。

「這是上我中文課的那個學生去希臘給我帶回來的。」

「中間的臉是阿波羅？」

「不，是雅典娜。」

「是嗎？」

「好看嗎？」

「不錯。」

過了幾分鐘，田非又發給她說：「上週日我又去參加那個語言交流的聚會。」

「是嗎？又去加陌生女孩的LINE了？」

「那個不是我的目的。」

「那是什麼？不可抗拒的結果？」

田非停了一會兒回說：「好吧，我是又加了一個女生的LINE。不過這不重要，我這次遇到了一個更有意思的人。」

「男生？女生？」

「男生。」

田非把健太對小桃描述了一番。

「所以你們第一次見面他就叫你去他家，做蛋糕？」

「我也覺得他有點太熱情。」

「但你還是想去？」

「就算有什麼問題，也要去看了才知道啊。」

「嗯，說不定這個男生真的有什麼和你有聯繫。」

「我就是這麼想的。我感覺他身上有什麼和我相像的地方，但我說不清那是什麼。」

「那你是要再去和他多聊聊，看看你這個小說家都說不清楚的東西到底是什麼。」

健太住在伏見區，離伏見稻荷大社不遠。週六下午田非坐巴士到伏見區，然後在谷歌地圖裡輸入健太給他的地址，按著指示找過去，走過兩個路口，進了一棟居民樓。上樓梯到三樓，在健太家門前敲了敲門。健太過來開了門，笑說：「正在等你呢。」

田非就跟著他進門。這是一套一房的公寓，進了門有一小塊空間既是門廳又是廚房，架子上可以看到瓶瓶罐罐。再進去就是健太的臥房，擺設很簡單，一張床，一個抽屜櫃，一個書櫃，一張地桌，沒有椅子，地桌旁邊有兩張坐墊。健太讓田非在地桌邊的坐墊上坐下，又問：「要喝什麼，咖啡還是紅茶？」

田非說：「咖啡吧。」

健太就去廚房準備。田非環顧四周，看到書櫃最上面擺了一排玩具，樣式都很舊。健太拿著兩杯咖啡進來時，田非指著一樣玩具說：「我小時候玩過那個。」

「是嗎？」

健太拿起那個玩具在田非面前撥弄了一下，是一個小豬爬梯子的玩具，田非說：「這個在我小學時候還挺流行的。差不多二十多年前了吧。旁邊那幾樣看著也很老了。」

「我怎麼說也是想開玩具店的人。」

兩人又圍繞著舊玩具聊了一陣。田非又看到書架上一個吉卜力動畫角色的布偶，說：「那個是豆豆龍？」

一聊起來兩人都看過吉卜力的全部動畫，就圍繞著吉卜力動畫又聊了一陣。

聊了一段停下來時，健太提起說：「今天本來我想請上次提到的那個女生也過來，她也答應了，但今天她突然有點事，變成來不了。」

「是嗎？她是什麼樣的女生？」

「可以說是事業型的女生吧，很有魄力，總之跟一般的日本女生不大一樣。她改變了我很多。最初的改變應該是從她跟我聊夢想時開始的吧。」

「她的夢想是什麼？」

「她想做個大企業家，開一家很大的公司。而且我看得出來她不是隨便說說的，她有在行動。我在她身上學到的最重要的一點，是夢想是要靠行動去爭取的。夢想誰都有，但很多人是想想就算了。我認為這很不好。只有付出實際的努力的人才有資格實現夢想。」

「所以你做了什麼行動？」

「我有在做一個副業。我們公司正好加班不多，下班回來還可以做兩三小時。我現在公司一個月給我工資三十萬，這個副業讓我一個月能多賺十來萬，說起來不算多，但比沒有強多了。這一點多出來的錢讓我看到了實現夢想的希望。」

「什麼樣的副業？」

健太停了幾秒鐘沒有說話，然後看向田非說：「我們來做蛋糕吧，一邊做我一邊跟你說。」

健太說的蛋糕是要從麵粉開始做。兩人在廚房裡，健太把麵粉倒進盆裡，又往盆裡打了幾個雞蛋。下面似乎要揉麵，田非說他來揉，健太說不用，只把盆裡的東西倒進一個杯子狀的電動的攪拌機，倒進水，又加了糖，按下開關攪拌一兩分鐘。接著他把攪拌好的材料倒進一個電飯鍋。田非一看這電飯鍋上有一個按鍵邊上寫著「蛋糕」，健太就按了這個鍵說：「這裡按一下就行，一會兒蛋糕就自己做出來了。不覺得很方便嗎？」說著又從旁邊拿起一個杯狀的器具對田非亮了一下，說：「順帶一提，剛才的咖啡是用這個咖啡機泡的。」

田非這才注意到，電飯鍋、攪拌機、咖啡機上印著同一個商標，這個商標田非在國內有見過一次，國內的名稱似乎是叫安利，一個名聲不大好的牌子。「我的副業就是賣你看到的這些生活小器具。你以前聽說過安利這個品牌嗎？」

「聽說過。」

田非肯定的語氣彷彿讓健太有點不快，他估計知道安利的名聲。

「我是真的覺得這些產品給我提供了方便才會拿來賣給別的人。可能關於安利有一些不好的傳聞，但以我自己和它打交道的經驗，我覺得這是一家很健全、很成熟的公司。」

再次回到臥室桌邊坐下，田非問說：「所以你是不是平時遇到朋友的時候，都會向他們推薦這些產品？」

「推薦是會推薦，但我不會強迫他們買，那就太沒意思了。」

田非心想，原來如此。

健太繼續說：「只賣給朋友是賣不了多少的。還是要有能力賣給陌生人。關於怎麼向陌生人推銷商品，安利公司有一整套培訓的課程教這個。」

健太說著從旁邊拿起一本書在田非面前攤開，翻了兩三頁：「你看，都是日英雙語的，一課、二課、三課，寫得很清楚，誰都能懂。」

聽健太的語氣，彷彿很希望能引起田非對這本材料的興趣，但田非連往書頁上瞄一眼的興趣也沒有。彷彿看到魔術師的手法被揭穿了一般，田非忽然間對健太整個人失去了興趣。關於他說的什麼夢想、努力、實現，他都不再有任何感覺。接下來他們說了什麼田非都不記得了，只記得他想吃了蛋糕趕緊從這裡出去。

「你想做歌手，那也需要經費吧，比如你想錄一首歌，得租錄音棚，不是需要錢嗎？我做這個是做得多賺得多，你作為學生要是有時間，完全可以賺得比我多，只要有人教你一下方法就行了。」健太似乎察覺到田非的情緒的變化，但他還想做一點最後的努力。然而看田非完全沒反應，健太終於也放棄了。他從廚房拿了做好的蛋糕出來，兩人吃蛋糕又聊了一陣子動畫漫畫，接著田非就告辭了。

從健太家出來，田非拿出手機找回車站的路。順著指示走在馬路邊上，路上車來車往，每一輛駛過的車都彷彿迫不及待地想趕去什麼地方。這個世界充滿了欲望的氣息，而他彷彿只能永遠隔岸觀火。仔細想想，他什麼也做不了。他不可能去加入健太的那個行業，他也不能把健太從那個行業裡拉出來。誰能說健太在做的是錯的呢？但是所謂的夢想，說破了原來裡面是這樣的東西。他幾小時前走在去健太家路上時，心中所期待的不是這樣的。但要說他期待的是什麼，這時他也想不起來了。

第五章

1

神劍的下落因為雪月公主的沉睡而暫時失去了線索，天賜和豪凌暫時沒有別的什麼可以做的，只能先回到拉薩城。他們在拉薩城逗留了將近三個月，靠幫人解決麻煩賺一點費用生活。大家都說這是不祥的一年，麻煩事很多，沙蟲、土狼、殭屍、山賊成日在城周圍出沒，經常造成事故。天賜每隔幾天就會收到一個委託，幫忙消滅一些怪獸，或者送東西經過危險區域。但他不是每個委託都接的，只要剩下的錢還夠他和豪凌生活一段時間，他就不著急接活。他首要的任務還是找出讓雪月公主醒過來的辦法。為此他每天出入各家酒樓茶館，向東來西往的客人打聽情報。雖然他在拉薩已經小有名聲，但始終沒人懷疑他是政府懸賞令中說的天賜。根據天賜的觀察，拉薩雖然是大梁的屬地，但政府的號令在這裡沒什麼人關心。

這天天賜看錢袋差不多見底了，想起三四天前酒樓老闆向他提了一個任務他還沒有接，就去找酒樓老闆。

「啊，那個活嗎？你來晚了，今早已經被人接了。」

「是嗎？那個活很危險啊，要夜裡去殺殭屍，拉薩城除了我還有誰會接這個活？」

「是一個外地人，兩三天前剛來的，也在本店住宿。」

「什麼樣的人？」

「身披黑色毛皮，背著皮包，帶著氈帽，年紀嘛，大約二十五、六歲，是個女人。」

「什麼？女人？」

「是啊，我一開始也不放心把這事交給她，但是她很有信心的樣子，說對付幾隻殭屍對她來說根本是小菜一碟，我就讓她去試試看。」

「她已經出發了嗎？」

「她已經走了。不過殭屍要到夜裡才會出來，估計她會先去別處逛逛吧。」

天賜走出酒樓，把這事告訴豪凌，他也很驚奇的樣子，不相信世上有這麼大膽的女人。他們決定晚上去看看那個女人怎麼消滅殭屍的。

傍晚天賜和豪凌來到那個鬧殭屍的地方。這裡有一個小山坡，坡上有一些亂墳。天色還沒全黑，殭屍還沒有出來的樣子。天賜和豪凌走到離這亂墳坡約五十步遠的一叢灌木裡，躲在那裡看。一會兒天色全黑了，今天是個滿月，荒地被月光照得銀晃晃的。又看了一會兒，只見那亂墳坡上有東西撥開土鑽出來，站立著來回走動，是殭屍無疑，黑壓壓一片有大約二、三十四。天賜、豪凌等在那裡，又過了大約一個時辰，只見從拉薩城的方向有一個火光朝這裡靠過來。走近了之後，天賜看出這是一個穿著黑色長袍的人，戴著氈帽，舉著一盞燈籠，是酒樓老闆說的女人無疑。這人走到亂墳坡前面，天賜正等著看她會用什麼武功，卻見她從腰間拔出一樣東西，對著近處的殭屍。只聽砰的一聲，女人手中的東西放出火光，而那殭屍應聲倒地。

天賜朝豪凌看了一眼說：「原來是使火槍的。」

女人接著又擊倒另外幾隻殭屍。看起來她的槍可以裝四顆子彈，每打四槍，她就要停下裝一次彈藥。

隨著第一匹殭屍被擊倒，其他的殭屍都開始朝女人靠過來，有的腳步很快，幾乎是朝她衝過來的。女人先擊倒了最前面的殭屍，但殭屍群離她越來越近，她一邊後退一邊放槍，還是擋不住殭屍的來勢。女人用突厥語叫罵起來。

天賜拍了一下豪凌說：「該我們上場了。」隨即起來朝女人的方向奔過去，一邊跑一邊唸咒語朝殭屍放出火球。到了女人旁邊，天賜拔劍砍倒了已經撲到女人面前的殭屍，又用火球擊倒了另外幾隻，豪凌也用爪子砍倒了幾隻殭屍。女人接著火槍射擊，沒一會兒三人就把剩下的殭屍全部打倒了。

確認沒有站立的殭屍後，天賜轉向女人說：「你沒事吧？」

女人猶有餘悸地喘著氣，片刻後看向天賜說：「多管閒事，本來沒有你們幫忙我對付這幾隻殭屍也綽綽有餘。」

豪凌笑了一聲說：「天賜，早知道我們就不該出手。」

天賜對女人說：「那你回去路上小心。」說著就和豪凌往拉薩城回去。

走出幾步，女人忽然從背後叫他們說：「等一下。」

天賜停下來回頭看她，只見這女人追上來說：「你剛才放出火球是怎麼做到的，能再放一次給我看看嗎？」

天賜也不知女人意圖，不以為然地伸出手，唸：「火！」放了一個火球出去。

女人抓住天賜的手用燈照著，上下看了看，說：「太神奇了，什麼機關也沒有。你這法術叫什麼名字？」

「不是什麼了不起的法術，只是簡單的五行術。」

「五行術是什麼？」

「就是以水金地火木五種地上的靈氣使出的法術，在中土很常見的。」

「我想聽你好好講一講。不如我們現在一起回拉薩城，找個地方邊喝邊聊？」

天賜看了豪凌一眼，回答說：「好啊。」

三人就一起往拉薩城走去。「對了，我的名字叫愛謝。」天賜和豪凌也各報了自己名字。

三人回到拉薩城，找了一家酒館坐下，要了兩斤米酒和小菜。愛謝把帽子拿下放一邊說：「先自我介紹吧，我來自奧斯曼帝國，是鍊金術士。」

這時藉著酒館的燈光，愛謝的外形顯得更清楚一點，棕色的長髮在頭上紮一個髻子，看臉孔明顯是西域番人，瞳孔是藍色的。

「我從小就對中土很有興趣。我舅舅曾經到中土傳道，回來時給我講了很多中土的事，讓我產生長大以後一定要來中土看看的願望。所以我上學的時候就學了藏語和漢語。剛才你使出的五行術我有在書上讀到過，但親眼見到還是第一次，太有意思了。鍊金術裡也有類似的法術，但我們用的是風火水土四種元素，不知為何在中土會變成五種。」

天賜說：「你現在來中土不是好時候。現在中土很亂，國君羌王借助黑暗勢力壓迫百姓，到處都有事件發生。妖風瀰漫，路也不好走。」

愛謝說：「那你們又是什麼人呢？」

天賜想了一下，覺得愛謝是可信之人，便說：「其實我們屬於一個祕密組織，這個組織的目的是要推翻羌王的統治，我們正在積蓄力量，時候到了我們會和羌王對決。」

愛謝聽了兩眼放光笑起來說：「那就是說如果跟著你們，有可能看到中土最高級的術士對決嗎？」

天賜沒想到愛謝反應的角度是這個，想了想說：「很有可能。」

愛謝抓住天賜的胳膊說：「那你一定要讓我加入你們。別看我很弱的樣子，我其實考過了二級聖騎士資格，戰鬥和治療我都會，絕對能幫上你們的忙。」

天賜聽了想起一件事，說：「其實我們現在就有一個難題。有一位對我們很重要的人，不知得了什麼病，沉睡不醒已經三年了。中土的醫生看過都說沒有辦法。不知道你有沒有什麼主意？」

愛謝露出嚴肅的表情說：「什麼樣的人？」

天賜就把他知道的關於雪月公主的事對愛謝描述了一番。

愛謝沉默了片刻，說：「這是我們醫書上有記載的昏睡症，我也許有辦法治療。你帶我去看看她吧。」

「好！」天賜便與她約定第二天就出發去見雪月公主。

第二天一早三人一起出發，出了拉薩城，直往清風山而去。愛謝背了一個一尺長半尺寬皮面的箱子，這箱子似乎對她很重要，晚上在野地上睡覺時她都緊緊抱著。走了三天，來到清風宮門前，天賜敲了門，是上回的管家大叔來開了門。天賜朝愛謝示意了一下，對管家說：「我帶了一個人來，她是西域的術士，也許有辦法治雪月公主的病。」

管家打量了一下愛謝，領他們進去，進了宮殿，來到雪月公主寢室裡。天賜指了一下床對愛謝說：「這就是我說的雪月公主。」

愛謝走到床邊對床上的人仔細端詳了一番，說：「這小姑娘真美。」又轉頭對管家說：「我想驗血可以嗎？」

管家大概沒聽過這個動作，愣了愣說：「已經沒有別的辦法，全都交給你了。」

愛謝就打開隨身的箱子，從中取出一樣東西，是天賜在中土不曾見過的，管狀的一頭有針的道具。愛謝把針插進雪月公主的手腕，做了一個抽取的動作，紅色的液體湧進透明的針管。等有一指長的一管血後，愛謝拔出針頭，取出裝血的管子。接著她又從工具箱裡取出一個杯子，幾張試紙。她先把血滴在試紙上，看著試紙的變化「嗯嗯」了兩聲。又把血滴在杯子裡，加入另外兩種液體藥劑，看著杯裡液體混合物，又「嗯嗯」了兩聲。然後她看看管家又看看天賜，說：「我知道了，雪月公主血裡發現了睡素。我有辦法治療，只要往她血裡打入抗睡劑即可。」

管家聽了露出笑容說：「那請女法師趕快。」

「別著急。」

愛謝從工具箱裡又拿出一支針管，從工具箱小袋裡取出一隻小瓶，把針管插入瓶中抽出藥來，然後把針管插進雪月公主的手腕，把藥打進去。這一系列操作都是天賜在中土不曾見過的。打完藥，愛謝把針管小瓶收回工具箱，蓋上蓋子說：「現在只要等著。」

幾個人圍著床站著，等了約一炷香的工夫，只見雪月公主睜開眼睛，從床上坐起來。管家上前歡喜地叫道：「公主，你終於醒了！」

雪月公主看了看管家說：「阿望，我怎麼了，我感覺睡了好久，頭暈暈的。」

管家說：「公主，那天你出門被妖風襲擊，昏睡不醒已經過了三年了。」

雪月公主看向天賜三人說：「這幾位是？」

管家說：「這位女士是西域的術士，剛才是她用藥把你救醒的。這位少年是龍族的後人。三個月前他來找你，我跟他說你得了昏睡病，他就去找到這樣一個高人救你。」

雪月公主盯著天賜看了片刻，伸了個懶腰說：「阿望，你帶他們到廳堂等我。我要梳妝一下。現在我的臉色一定很難看。」

「遵命。」

管家於是示意天賜他們跟他走，幾個人出了寢室下樓去了。

天賜等人在樓下大廳等著，大約過了半個時辰，換了衣服的雪月公主從樓梯走下來。她換了一身白紗的長裙，神態穩重，但是她的相貌怎麼看都只有十五、六歲，於是有點小孩裝大人的滑稽。雪月公主走到天賜面前，凝神看了他片刻後說：「天賜，你跟我來。」

天賜看看在他左右的豪凌和愛謝，一個人跟著雪月公主走去，進了大廳後一間小房間。這間房間裡什麼擺設也沒有，也沒有窗戶和自然光，只有牆上掛著水晶燈藍白色的光照亮了房間。

雪月公主說：「聽說你有一塊證明你身份的玲瓏玉，拿來讓我看看。」

天賜就從袋子裡掏出玲瓏玉給她。雪月公主接過看了看，把玉遞還天賜說：「是真的。其實我不需要這塊玉也看得出來你是哈塞爾的兒子。你和她長得很像。」

天賜聽了一驚說：「你見過我母親？」

「那是大約三十年前的事了吧。」

「什麼？三十年前？」

雪月公主笑了一下說：「你吃驚是因為看我年紀小？別看我這樣，我比你母親還大六歲呢。我們朔族的人，五、六十歲才剛剛過完青春期。」

天賜說：「我母親是什麼樣的？我記憶中一點關於她的印象也沒有。」

「三十年前，哈塞爾在我們這清風宮裡住了小半年，我們每天吃喝遊戲，很愉快地過了半年。我們朔族和龍族是淵源長久的世交，當年一起協助聖王消滅邪王，這幾百年也經常有往來。她是龍族的公主，性格很調皮，喜歡惡作劇，但學習的時候又特別認真，別人教她的話她很能聽得進去。她就像我妹妹一樣，和我相處得很好。」

天賜想了想說：「那麼那之後呢？她現在還在世上嗎？」

雪月公主說：「三十年前她來拜訪之後，我們就再沒見過面。龍族的人似乎因為邪王復活而隱匿了蹤跡，我也不知道他們去了哪裡，以前他們住在天山一帶，現在不在了。所以之後的事我都是聽說的。說哈塞爾喜歡上了一個姓度的普通人，和他生了一個小孩，這個小孩是命定要在邪王復活時消滅邪王的。我對這些傳聞本來半信半疑，直到你在我面前出現。如果你就是那個傳聞中的小孩，那麼你來找我只有一個目的。」

「是的！」

雪月公主微微笑了笑，走到牆邊，伸手對著牆唸動咒語，那牆便消失了，牆後出現了一個通道。

「跟我來吧。」

天賜跟著雪月公主往裡走，進入一間更小的房間。雪月公主唸咒語點亮了水晶燈，天賜便看到房間中央有一個檯子，上面擺著一把劍。這把劍劍身是筆直的，約兩尺長，包在皮革的劍鞘裡，劍柄是黑色的。不知為何這劍設計看著簡單，卻讓天賜感到一種威懾力。

雪月公主說：「我父親大明王向龍族承諾守護神劍，直到龍族的後裔來要，我也繼續我父親的遺志。今天把神劍交給你，我們朔族這個任務就完成了。你把神劍拿起來看看吧，只有有龍族血脈的人才能發揮神劍的威力。」

天賜便把臺上的劍拿起來，打開劍鞘，抽出劍身，只見劍身微微發出銀光。天賜明顯地感覺到劍的光呼應著他體內的一股力量。

雪月公主又說：「這把神劍是創世神賜下的，對於黑暗勢力有絕對的壓制力。只要你拿著這把劍，就連邪王你都能輕易戰勝。不過你要注意，這把劍對普通人和野獸並沒有特別的威力，用它和人對打跟一把普通的鐵劍也沒有區別。所以念在我和你母親的交情，我再賜你另一把劍。」

雪月公主從劍臺下方打開一道空縫，從中又摸出另一把劍來。這把劍發著金色的光。天賜接過劍揮了揮，他能感到這把劍力量很大，但並不像神劍那樣和他內在有呼應。

雪月公主說：「這把金月劍是我朔族的寶物，由千年月石鑄成，其劍氣可以壓倒千軍萬馬，你拿著它，便可以一人之力獨擋人間的軍隊。你拿著這兩把劍去建你必須建的功業吧。」

天賜又仔細看過兩把劍，把劍背上，朝雪月公主作揖說：「多謝公主的饋贈，來日若能成就大業必來相報。」

雪月公主轉身往外走，一邊說：「我不會武功，只能幫你這點。你若能平定這個亂世，就是對我最好的報償了。現在外面這麼亂，到處是妖風怪獸，出個門都困難。」

回到外廳，天賜把兩把劍亮給豪凌和愛謝看，三人歡喜不已不必說了。晚上三人在清風宮過夜，談到下一步的去處，天賜說：「現在我想回揚州城去找蔡鏢頭，告訴他我已拿到神劍，看看他有什麼計劃。」又問兩人的安排。

豪凌說：「我當然是跟著你了，布婆婆不是說了，我需要跟著你直到邪王被消滅為止。」

愛謝說：「我當然也得跟著你。這聖王、邪王、龍族、神劍一堆事，已經是中土最大的奧祕了吧。我反正不願錯過這個親眼目睹中土最大的奧祕在世上顯現的機會。」

天賜便說：「好，那你們就跟著我一起回中原吧。」

2

寫到這裡時，有個端著餐盤的女生想從兩張桌子間的空間擠到裡面的位子，撞了一下田非的桌子。女生朝田非點頭說了一聲「對不起」，就在裡面的位子坐下了。她對面的也是個女生，兩人都是大學生的年紀，應該都是京大的學生。看她們餐盤裡的東西，她們一個點了魚柳堡，一個點了雞排堡，配的小食都是薯條，裝在紅色的盒子裡，還有兩杯大杯的不知是什麼飲料。撞了田非桌子坐在裡面的的女生是短髮，對面的女生是日式打卷的長髮，兩個女生都穿著短袖，一個是淺綠色的，一個是白色的。聽了一會兒兩人的說話，似乎在講學校的老師的事情。這樣觀察了她們幾分鐘，在她們起疑心之前，田非收回注意力，看向窗外。他的座位不在窗邊，從隔著幾張桌子的窗外看出去只能看到外面的樹的樹冠，在七月刺眼的晴天的背景上顯得很突兀。差不多是吃晚飯的人開始來的時間了，餐廳的二層已經坐了約八成的人，有的一個人埋頭吃著，有的邊吃邊和同桌的人說話。今天薩莉亞的人比較多，兩小時前田非到門口看了看，決定改來同在百萬遍路口的這家麥當勞。麥當勞店裡的冷氣和背景音樂都算舒服，就是桌子比較小，很勉強才能擺開電腦，鄰桌的人如果說話聲音聽著也比較大。田非把目光移回電腦螢幕上的辦公軟體，按下保存的指令，關了軟體。今天的份算寫完了。

他又拿起手機看了看螢幕，沒有新消息。他打開手機，點開郵箱看了看。過去一星期他只收到一封專門寄給他的郵件，是北川教授告訴他一個職位空缺的信息。

北川教授寫道：「對面這個谷口老師算是我一個朋友，你去找他應該能受到更多的考慮。當然這不是承諾。你如果感興趣，還請走正常的應聘的程序，準備好材料寄過去。需要的材料你可以看附件裡的招聘廣告。」

田非點開附件，「龍谷大學文學部非常勤講師招聘」，需要的材料是「簡歷、代表性論文三篇、教育理念短文一篇」。田非放下手機，又回到電腦前，找到他開始寫的「教育理念」打開。三天前田非收到這封郵件後已經反覆把內容和附件看了幾遍，並且開始準備材料。雖然「非常勤」是不大理想，但如果一畢業後就有個去處，那比畢業即失業是好多了。算起來就算是一週上三節課的非常勤講師，工資也足夠他交房租和吃飯，這樣起碼他不必再向家裡要錢生活了。為此他無論如何得爭取一下。只是這個「教育理念」他想來想去不知道該寫什麼，想了三天也只寫了個開頭。這時他再打開這個文件，盯著看了幾分鐘，腦中依然是一片空白。

看來多坐無益，田非合上電腦收進書包裡，背起書包下樓走出了餐廳。考慮一下晚上吃什麼吧。從東大路走上來，拐彎進了生鮮館。看了一下今天的特價水果，拿起一盒切好的哈密瓜放進菜籃裡。在蔬菜櫃檯前，正在猶豫要拿包菜還是生菜時，他感覺手機震動了一下。掏出手機一看，是小桃給他發了LINE。這是田非這週以來第一次在LINE上收到個人消息。

「非，這週日有空嗎？我想去教會參加一個聚會，你要不要一起來？」

讀完田非把手機收回褲袋裡。接著他拿了半個包菜，又拿了一根黃瓜、一盒木耳，在肉的櫃檯拿了一塊里肌肉，心想晚上可以做木須肉。再拿了一盒牛奶。付了錢走出生鮮館，穿過兩條馬路回到家裡，把東西都放進冰箱後，田非掏出手機，給小桃回覆說：「怎麼會突然想去教會？」

小桃很快回過來說：「起因是一年前在打工的地方認識了一個基督徒朋友，是中國人，那時她就叫我去參加教會活動但我沒去。前幾天她又聯繫我時，我忽然想跟她去一下。主要是因為洋洋的精神狀態不大好，我想去教會看看能不能學到安慰他的辦法。不是都說宗教能給人精神安慰嘛。不過我一個人去還是有點緊張，就想拉你跟我去。你對基督教是有興趣的吧？你不是說你以前把《聖經》從頭到尾讀過一遍嗎？」

田非回說：「大學時候的事了，而且我《聖經》是讀了，但教會從來沒有進去過。」

「那你想趁這個機會去看看嗎？」

田非沉思了片刻後回說：「可以啊，當作是陪你去的。」

「謝謝！」

田非自認為是沒有任何信仰的人，他也不相信這一點會因為去一次教會而改變，因此他並不擔心和小桃去教會。小桃要去的教會其實離他們住處很近，就在御所東側，名叫「聖和基督教會」，從田非家騎車過去二十分鐘的距離。週日下午一點半，田非在約好的賀茂大橋橋頭和小桃見了，一起往教會過去，兩人都騎著自行車。小桃穿著一條藍底碎花紋的長裙，腳上是涼鞋，頭上戴著一頂帽沿寬闊的遮陽帽。兩人一前一後騎著車，到了教會附近一片居民區裡，小桃下車，拿出手機來找路，花了兩三分鐘摸到了教會門口。這家教會是一棟三層的建築，大約兩戶民宅的佔地，灰色的樓身，頂層是平的，沒有尖屋頂，底層右側是一個玻璃做的入口，左側放空，在牆上掛著銀色的十字架和教會名稱的幾個字。他們看到有自行車停在那個十字架下面，就也過去把車停在那裡。走到玻璃門前面，他們往裡看了看，裡面不像有活動的樣子，一個人影也看不到，燈倒是開著。

小桃說：「是這兒沒錯吧。」

「你確定？好像裡面沒有人。」

「我那朋友說讓我們進去後直接上三樓，人都在三樓。」

「那就進去吧。」

小桃便推門進去，田非跟著。

玻璃門進去後是一個小通道，通道前面是禮拜堂，一側有一個樓梯間。兩人朝禮拜堂瞄了一眼，跟田非印象中的禮拜堂差不多，就是規模顯得頗小，五六排長條的椅子，正前方有個講臺，講臺後的牆上掛著十字架。兩人從樓梯間上到三樓，出樓梯間是個通道，前方有個和式的房間開著拉門，可以看到幾個人坐在裡面。

兩人走到門口，裡面的人轉頭看他們，其中一個站起來，走過來抓著小桃的手笑說：「啊，小桃，你總算來了，我還在想你會不會找不到地方。」

「不會不會，用谷歌地圖一下就找到了。」

這個女生朝田非看了一眼說：「這位就是你先生？」

田非正在驚疑時，小桃不緊不慢地說：「啊，不是，他是我先生學校裡的前輩。」停了一下又說：「也是我個人的好朋友。」

田非聽了不知為何心裡有種奇妙的欣喜。兩人脫了鞋進屋，裡面幾個人圍著一張地桌坐著，這時擠了擠，讓出空位給兩人坐下。

空氣沉默了幾秒鐘，然後小桃問那女生說：「所以你們現在在幹什麼？」

那女生回答：「哦，是這樣的，今天是禮拜日所以有禮拜活動，是早上十點到十二點，已經結束了。我們幾個說華語的一般都會在禮拜結束後在教會開個小聚會，其實也不做什麼特別的，就是一起吃個飯，學一段《聖經》，然後隨便聊聊天。」

小桃看了一下屋裡的人說：「所以大家都是中國人嗎？」

一個男生擡手朝身邊的女生一比說：「我和她是臺灣人。」

最初的那女生說：「大家就自我介紹一下吧。」

一桌的人就輪流講了一遍自己的名字來歷。招呼小桃的女生名叫晴雲，是山東人，在京都一家會計所上班，年紀三十歲，在京都已經十年了。聽口氣她像是這幾個人中的領袖。那對臺灣的夫婦兩人都在造型藝術大學上學，年紀看起來二十四、五左右。一個安徽的男生在京都上完碩士正在找工作階段。一個浙江的女生是同志社的本科生，剛二年級。田非和小桃也介紹了自己的來歷。

差不多二十分鐘一群人一直在聊生活上的事，完全沒有提起關於基督教一個字。那個安徽的男生打工回家路上被車撞了，身上哪裡哪裡被擦到，和車主這樣這樣交涉。那個浙江的女生和室友發生了這樣這樣的口角，後來怎麼解決。田非和小桃一直沒說話。

這時那個臺灣的男生問小桃：「所以小桃你以前有接觸過基督教嗎？」

小桃說：「沒有，就是中學的時候因為好奇跟同學去過學校附近的教堂，但基本什麼都不懂。」

笑了一下把手搭在田非肩上又說：「這個人懂很多，他從頭到尾讀過一遍《聖經》。」

田非也笑了笑說：「大學時候沒事時拿起來當小說讀的，對教義什麼的其實完全不瞭解。」

晴雲看向田非說：「不管你讀《聖經》的目的是什麼，我相信讀過《聖經》的人與上帝都是有份的。」

臺灣男生又問小桃：「所以你今天來是因為什麼？」

晴雲笑說：「其實是我叫她來的。」

小桃說：「沒有，其實我也算是有目的吧。因為我先生最近學習壓力很大，夜裡都失眠，情緒也很差，所以我想來看看有沒有能幫他的方法。你們教徒是怎麼面對壓力的呢？」

幾個人停了兩秒鐘，晴雲說：「對我們來說很簡單，就是把所有的壓力都交給上帝，因為耶穌說過，凡勞苦重擔的人可以到我這裡來，我就使你們得安息。因為我的軛是容易的，我的擔子是輕省的。」

田非心想：「原來如此。」

小桃說：「耶穌是誰？」

田非聽了不禁笑了一下。

小桃注意到了，打了一下田非說：「你還笑我，我知道沒你懂得多，但我是真想學。」

晴雲說：「我來解釋吧。首先你要知道有一個上帝，他創造了這個世界，是造物主。他是過去、現在、未來永恆的一個存在。人類也是上帝造的。但是人類被造之後違背上帝，做上帝不許他們做的事情，從此就有了罪。有罪的人就要死。為了挽救人類，上帝讓他的兒子耶穌來到這個世上，來做從罪裡拯救人類的工作。我們現在知道，耶穌其實就是上帝。耶穌既是上帝的兒子，又是上帝。他和天父和聖靈三個存在其實是一個上帝的三個位格，我們叫做三位一體。」

田非聽了陷入沉思。

小桃說：「聽得我迷迷糊糊的，不過總之耶穌就是上帝吧。」

晴雲說：「沒錯，你記得耶穌就是上帝就行。上帝那是有何等的能力。當初以色列人出埃及，被軍隊追到紅海邊上無路可走，上帝就讓紅海打開，讓以色列人從海中間走過去。耶穌和他的門徒在船上休息的時候，起了暴風巨浪，門徒怕得不行，大叫快救我們吧，但耶穌一起來，朝風浪斥責了幾句，風浪就平息了。這樣一個上帝，這樣一個耶穌，他說要幫你背負你的重擔，你還有什麼要擔心的呢？」

從這裡開始田非有點心不在焉起來，對他們談話似聽非聽的。他們談了一個多小時，晴雲唸了一些《聖經》上的話，給小桃做了一些講解，那個安徽的男生講了一個自己經歷的故事，中學時得了怪病後來靠禱告醫好什麼的。這過程中田非幾乎沒有說一句話。

聚會結束，一夥人下樓走出教會，在門口道別時，晴雲忽然走上來對田非說：「今天你都沒有說話，不知道你對我們的討論是什麼感覺？」

「沒什麼特別的感覺，可能因為是我第一次參加這樣的聚會，還不大清楚要點在哪裡。」

「你既然讀過《聖經》，一定對基督教有很多問題。如果有歡迎找我討論。我雖然很笨，但如果是上帝要我給你做這個解答，我會義不容辭的。」

「好啊。」

晴雲掏出手機和田非互加了LINE。

和小桃回去的路上兩人邊慢慢騎車邊聊天。小桃的車騎在護欄裡的便道上，田非的車騎在護欄外的馬路上，兩人並肩騎著。「對了，你可不要告訴洋洋我去了教會。」

「為什麼？」

「他會很生氣的。他會覺得我做不好一個妻子分內的事，還要到外面去尋求幫助。」

「但是你是為了幫他才去的啊。」

「所以就更不行了。我這樣相當於到外面去對人說我丈夫有問題，他絕對受不了這種事。」

「好吧，我不會說的。」

「謝謝！」小桃說：「那你自己來教會有沒有收穫？會不會覺得有一天你會去信教？」

田非想了想說：「暫時感覺不到這種傾向。」

小桃笑了兩聲說：「我想也是。你和洋洋這方面很像。」

和小桃在同志社旁邊的路口告別後，田非騎車到鴨川，沒有馬上回家，而是沿著河邊的小道騎了一陣。今天聽小桃和那幾個基督徒談天，他最大的感觸是想起了在大學時讀《聖經》的那段記憶。起因是他喜歡上了一個基督徒女生。為了找話題和她聊天，田非去教會商店買了一本《聖經》，從頭讀起來。說從頭到尾讀一遍是有點誇張，他記得很多地方他是跳過去的，但有故事性的部分，他的確像是讀小說一樣讀了一遍。大約有半年的時間，那本《聖經》一直在他書包裡，上無聊的課時拿出來偷看，晚上到自習室裡面看，坐公車時看，有時在宿舍一直看到熄燈。後來那個女生怎麼樣了？田非沒有確切的印象。到了大四的時候他的人際關係完全變了，丟了和很多人的聯繫。但想起來還真不可思議，他會為追一個女生去把《聖經》這麼嚴肅難懂的書讀一遍。而那個女生不過是他大學裡追過的七八個女生中的一個。原來他也有過看到什麼好就想跳起來抓到手裡的年紀。是什麼讓他在從那時起算起的十年時間裡，變成了一個如此冷漠的人？田非看向前方，車輪前大約一米寬的土黃色小道向前延伸著，小道一側是緩緩流動的鴨川的河水，水面透出河底的黑石的樣子，一側是長滿綠草的鴨川的河堤，一棵棵綠葉茂盛的櫻樹隔著距離立著。前方七月的的天空湛藍無雲，顯出一種異常的空虛。沒有什麼能告訴他答案。

第六章

1

天賜帶著豪凌、愛謝在土路上往前走著，前方山谷裡遠遠能看到一個關卡，一條石牆架在山谷之間。走近一點，可以看到關卡下停著黑壓壓一片人馬。天賜他們正面迎著走上去，走到離人馬大約半里的距離時，人馬前方有一騎馬的人也朝他們走過來。到了距離二十步遠的地方，騎馬的人大聲喊道：「我是大梁虎威將軍單超，前方來者可是反賊天賜？」

天賜回答：「我是天賜。」

騎馬人說：「聖上有命，要你交出你手上的神劍。速速把劍放下，我可饒你不死。」

天賜聽了心裡並不吃驚，因為幾天前他已經在另一個關卡有過同樣的經歷了。那時一個小頭目帶了大約一千兵包圍他，要他交出神劍，天賜拿出金月劍橫掃四方，輕輕鬆鬆就消滅了他的部隊。這回這將軍的氣勢更強一些，他背後的部隊也更多一些，但天賜相信有金月劍在手，他們還是碰不了他。

天賜便回答：「就你這點部隊就想讓我交劍？我三招就能擺平你們。」

騎馬將軍大喝：「大膽狂徒，今天我就讓你見識一下我這五千精兵的厲害。」說著將軍擡手比出一個手勢，他背後黑壓壓的部隊呼喊著朝天賜他們衝上來。天賜不慌不忙地拔出金月劍，使出崑崙劍法「鎮浪」，只見一片金光隨劍飛出，形成一丈長的半圓，金光所到之處，士兵們一個個地倒地。一劍下去，殺破了一千部隊，再出兩三劍後，五千精兵幾乎已經全部被砍倒在地，剩下的少數人丟盔棄甲逃跑而去。就像雪月公主說的，天賜只要拿著金月劍，一個人可敵千軍萬馬。這時那個虎威將軍還站著，只是盔甲已經被劍氣摧毀。天賜走上去用劍指著他，那虎威將軍便跪下說：「少俠饒命，我也只是聽命行事，與少俠並無冤仇。」

天賜說：「你回去告訴羌王，他和協助他的黑暗勢力的末日就快到的。去！」那將軍便轉身跑走了。

繼續往關下走，走到關門前不遠，只見關門打開，十來個兵丁跑出來。帶頭的一個跑到天賜面前，單膝跪下說：「天賜少俠，我是駐守這汜水關的教頭郭昌。我和我的手下不滿羌王已經很久了，只是一直敢怒不敢言。今天見到少俠橫掃單將軍的部隊，我就知道，羌王的氣數已盡了。現在我願意帶領手下們一起加入少俠的隊伍，討伐羌王，請少俠務必收留我們。」

天賜看了看這郭教頭，又看看關卡，笑說：「你是駐守這裡的教頭？好啊，那請你給我和我朋友準備一點吃的。我們都餓了。」天賜回頭看豪凌，豪凌露出一個會意的微笑。

郭教頭說：「多謝少俠收留！在下這就去準備。」

天賜帶著豪凌、愛謝走過關門，來到兵營裡，在一個帳篷房裡吃了郭教頭給他們準備的飯菜。兵營的士兵個個對天賜畢恭畢敬的，天賜以前沒受過這待遇，倒有點不自在。吃完愛謝去找兵營的兵丁聊天去了，豪凌在帳篷一角躺下呼呼大睡，天賜一個人走到關牆邊，從階梯走上牆頭。這時太陽已經西斜，天色顯得有些昏暗，天賜瞭望中原的方向，心想自己這樣被層層堵截，不知什麼時候才能到揚州城。

正想著的時候，忽然一人從牆底下忽地跳上牆頭，站在離天賜幾步遠的地方，大笑了三聲說：「天賜，你好威風啊。」

天賜定睛一看，卻是蔡洪蔡鏢頭。天賜喜出望外，笑說：「蔡鏢頭，你怎麼會在這裡？」

蔡鏢頭說：「你得到神劍的消息早已傳到了中原。聽到你的幾次行蹤後，我猜到你是想到揚州城找我。而你要去揚州城，十有八九會經過這汜水關，所以我就早一點過來等你。幸好我來了，不然羌王一直派兵來堵截你的話，不知什麼時候我們才能相見了。」

天賜說：「現在羌王已經知道我拿到神劍。我們下一步應該如何應對？」

蔡鏢頭說：「下一步當然是召集天下豪傑猛士舉兵對抗羌王。我剛才看到這裡的小頭目向你投誠了。其實羌王倒行逆施這麼多年，全天下都有對他不滿的人。我們只要把你得到神劍的消息傳出去，中原各地一定都會響應，舉兵支持你。」

天賜說：「那就快快把這個消息傳出去吧。」

蔡鏢頭走到牆邊，對牆下喊一聲：「黃剛，上來。」就見有一人飛身上來牆頭，是一個二十來歲的年輕人。蔡鏢頭對這年輕人說：「速速出發，到襄陽通知錢公，我已在汜水關與天賜匯合，請他立刻舉旗，告知天下我們已得到神劍，再讓他儘快起兵，先攻佔長安城，做我們最初的據點。」

黃剛行禮後就從牆頭跳下去，一會兒就不見了蹤影。

天賜說：「錢公是誰？」

蔡鏢頭說：「他全名叫錢照，是襄陽一帶最富的財主，這些年一直是他在經濟上支持我們的地下活動。別著急，你很快會見到他的。」

天賜建議蔡鏢頭到帳篷裡休息，蔡鏢頭便跟著天賜從階梯上走下去，走進帳篷。這時正好豪凌、愛謝都在帳篷裡。天賜便向蔡鏢頭介紹：「這是我在西域結識的好朋友，這位是豪凌，這位是從奧斯曼帝國來的愛謝，我這次取回神劍，沒有這兩人的幫忙是做不到的。」

蔡鏢頭盯著豪凌看了片刻說：「豪凌，我聽說西域有一個狼族，不知你知不知情？」

豪凌說：「我從有記憶起就一個人獨來獨往，也不知自己是什麼族的。」

「原來如此。」

蔡鏢頭又看向愛謝說：「我第一次見從奧斯曼帝國過來的人。奧斯曼帝國距中土路途遙遠，這一路過來辛苦你了。」

愛謝說：「我就是喜歡中原文化才過來的，一路見識了很多新鮮的東西，很值得。碰巧自己的知識幫了一點小忙，讓天賜拿到神劍，我自己也很開心。」

蔡鏢頭轉向天賜說：「話說這神劍是什麼樣的，能不能讓我看看？」

天賜便把背上的神劍遞給蔡鏢頭。蔡鏢頭舉著神劍看了一會兒說：「一眼看上去很平凡的一把劍，仔細一看卻有如此的壓迫力，像是在審問人心一般。不愧是造物神的創造。」

天賜說：「這把神劍對人沒什麼作用，朔族的雪月公主給了我這把金月劍，才讓我一路所向無敵地殺過來。」

蔡鏢頭也接過金月劍看了看說：「太好了。這樣我們成就大業就指日可待了。」

幾人在汜水關休息了幾天。到了第十天的時候，有一隊騎兵從中原方向靠近關口。天賜蔡鏢頭迎出去看，只見為首騎馬的是那日蔡鏢頭派出去的黃剛。黃剛騎馬到蔡鏢頭前面，下馬行禮說：「我已把鏢頭的話傳給了錢公。」

「他如何反應？」

「他十分高興，當場就作了檄文，抄了十份傳給江南一帶的義士，要他們起兵響應。接著他組織了預備已久的襄陽兵五萬人，按鏢頭的要求，前往攻打長安。我出來之前，大軍已經往長安出發了。」

蔡鏢頭看向黃剛後面說：「這騎兵隊是？」

「這一千騎兵也是錢公的人馬，他派來做天賜的護衛。」

蔡鏢頭笑說：「很好。」想了片刻又說：「我們暫且在這汜水關休息。等錢公的部隊到長安的時候，我們也前往長安支援他們。」

於是一行人又在汜水關待了數日，算著從襄陽出發的部隊差不多到長安時，蔡鏢頭就帶著騎兵隊出發，往東前往長安。天賜他們跟在騎兵隊裡，天賜和愛謝騎馬，豪凌怎麼也不肯騎馬，只是小跑地跟著。走了三天，長安城出現在視野裡。再靠近一些，只見城池南門外有黑壓壓一片部隊，想必是錢公的襄陽軍，可以看到他們正在紮寨。蔡鏢頭帶著騎兵隊走近後，襄陽軍裡走出來一個人，走到蔡鏢頭馬前，說：「我是襄陽軍校尉石杯，閣下是？」

「我是揚州城蔡洪。」

「啊，蔡鏢頭，久仰大名。」

蔡鏢頭環顧了一下說：「錢公可在？」

「錢公留在襄陽城處理事務。」

「原來如此。是你指揮這部隊嗎？」

「是。」

「那你們打算如何攻打長安城？」

「我們有五萬兵，長安城裡不過有兩萬兵，要取城應該不難。」

「你們打算如何攻破城門？」

石杯低頭說：「這個我們還沒有想好。」

蔡鏢頭遙望長安城城牆，說：「我有一計。你們準備好部隊，我和天賜今夜子時以輕功進入城內，幫你打開城門，到時你們就一舉攻進去。」

石杯說：「此計甚好，幸好我們有崑崙弟子相助。話說天賜在哪？」

蔡鏢頭回頭看，把天賜叫到身邊說：「這是天賜。」

石杯立刻在天賜面前單膝下跪說：「小英雄受我一拜。光復中原成敗與否全看小英雄的了。」

眾人便在營寨裡等待日落。長安城一整日城門緊閉，沒有出來試探的意思。中午有一匹探馬來報，說羌王派了一批部隊從東面來支援長安城，兵數有五萬人，大約五天後到達。眾人便商議今晚一定要拿下長安城，不可有誤。入夜後待到子時，天賜和蔡鏢頭就穿上黑衣出發，走到南門下，從那裡踩壁飛上城牆。城牆上的守兵看見過來糾纏，被天賜和蔡鏢頭兩劍砍倒。接著兩人就跳下城壁，砍斷門閂，把門打開，並放火炮為信號。襄陽軍看見信號，立刻擂動軍鼓，大軍往南門裡殺進去。長安城守軍被殺得措手不及，只不到兩個時辰，已經全部死的死，降的降。石杯下令不可傷害城中百姓，百姓聽說是龍族後人為首的部隊，紛紛開門表示歡迎。完全控制了長安城後，石杯便叫人把印著「天」字的旗插上牆頭，表明自己是天字軍。

接著眾人就在長安城整理軍備。探馬來報，說從東面來的羌王的部隊還在繼續行動，看來是有意要奪回長安城。眾人就做好迎擊的準備。兩三天裡又有探馬來報，說江陵、廬江、建業、會稽也紛紛有義士起兵，奪了城池，都以「天」字為旗號，叫自己天字軍，整個江南地區基本已經光復。眾人欣喜不已。

到了第四天，從城牆上可以看到東面黑壓壓來了一支軍隊，必定是羌王的部隊。石杯對天賜說：「這回不用小英雄出手，對方只是普通的士兵，我們也用普通的士兵應付。」於是便帶著兵馬從東門出去，擺開陣勢。兩軍在相距約一百步遠的地方對峙，對方帶隊的將領騎馬走出來說：「我是鎮南將軍太史響。一眾亂臣賊子還不快快下馬受降。」

石杯應上去說：「羌王氣數已經，將軍為何不加入我們的隊伍，一起開創新時代。」

將領說：「放肆！我太史家世食皇糧，豈能與反賊為伍。」

「我們有龍族後人和神劍在，你敢與我們戰麼？」

將領大笑三聲說：「別以為我們就沒有人。」

說著擡手示意，大喝：「拿下反賊天賜首級的人大大有賞！」他身後的部隊就呼喊著攻上來。石杯也揮手示意，襄陽軍也呼喊著攻過去，沒一會兒兩軍就在城門前混戰起來。

天賜在城牆上觀戰，一會兒忽然看見從兩軍交接的地方閃出一道紫光，紫光所到之處襄陽軍紛紛倒地。接連兩三道紫光出來，襄陽軍一層層倒下。很明顯，對方也有一個用類似金月劍的武器的劍客。不容多想，天賜從城牆飛身而下，往發出紫光的地方奔過去。靠近的時候，只見一道紫光迎面而來，天賜拔出金月劍迎擊，以金色劍氣抵消了紫光。兩股劍氣把周圍一圈的士兵震倒在地。劍氣消散後，天賜只見面前十步外站著一個人，身穿緊身皮甲，手持一把長劍，劍刃比金月劍還要長一尺，劍身隱隱透出紫光。這人年紀大約二十五、六，用一種逼迫的眼神看著天賜，笑說：「你就是天賜啊。我等這一天已經很久了。他們說你是龍族的後人，又有一把所向披靡的金劍什麼的。今天我就來看看是你的金劍厲害，還是我的紫炎劍厲害。」

說著這劍客就擡劍一砍，一股紫色劍氣又朝天賜襲來。天賜用劍擋開，劍客趁這時逼到天賜身邊，將劍橫掃而來。天賜飛身跳起躲過這一招，接著使出崑崙劍法「入地」，由上而下往劍客攻去。劍客躲開後，借勢旋轉身體，又甩出一股碩大的劍氣。天賜從中間將劍氣劈開，往兩側而去的劍氣又震倒了幾百士兵。劍客下一劍攻來，似乎很有信心，但天賜已有防備，迅速擋開這一劍，結果劍客的動作出現一個破綻。天賜就立刻接著一劍當頭往劍客砍下去，劍客只能用劍抵擋。只聽砰的一聲，金月劍砍在紫炎劍上，一時間金光紫光四濺。天賜繼續用力壓住紫炎劍，片刻後只見紫炎劍出現裂痕，再下一刻就斷成兩截。金色劍氣把劍客轟倒在地。劍客倒在地上，還沒斷氣，看著天賜笑著說：「自從我拿到紫炎劍，我還沒和人比劍敗過。今天這一戰打得好爽，值了！今天讓我看到你天賜也不是無敵的。今天我嚴興敗了，大梁四大武師少了一個，但是後面三人你有把握能全勝嗎？」

「四大武師？都是誰？」

「你會見到的，如果你能活到那時候。」說完劍客大笑起來，天賜就揮劍砍下他的首級。

2

田非聽到車內廣播報了站名。他暫時停止了構思，把注意力放到眼前的景物上。他坐在一輛電車裡，這輛電車的座位是排在車身兩側相對著的那種，這時候因為是工作日的白天，人很少，一節車廂裡除了田非只坐著五六個人。在田非一側隔著兩個空位坐著一個上班族大叔，穿著白襯衫黑西褲，懷抱著一個公文包。田非右前方是兩個中學生年紀的女生，穿著短袖短褲，背上背著的大約是網球拍。女生再右邊坐在座位一側是一個老年女性，兩手扶著一隻楞杖，膝上放著一個米黃色手提包，低著頭像是睡著了。田非看向正前方，看著車窗外的景色，近處一片片民房快速劃過，遠處的山脈也緩緩地移動。車的速度忽然緩慢下來，廣播裡通知：「草津站就要到了，請要下車的旅客做好準備。」田非拿起手機看了一下谷歌地圖，離他要去的米原市還有半小時的車程。

田非打開手機上的郵箱軟體，又看了一遍邀請他去米原市的這個人給他發的郵件。

「田桑。在這暑期中向你致以問候。在京大的學習和生活都順利嗎？我參與的政府數據庫項目最近告一段落，現在挺閒的，於是每天到琵琶湖釣魚。現在琵琶湖的鮎魚是最好的季節，烤著吃很鮮美。如果你這個夏天來米原這裡，我們可以一起去釣鮎魚。餘言後敘。渡邊。」

田非收起手機，看向車窗外面，腦中浮現起一個瘦小的日本人大叔的形象。

算起來田非和渡邊認識差不多有十二、三年了。那是田非在北京上大學的時候的事。那學期田非在學校的留學生中心做義工，工作內容是接待安置留學生，具體比如說去機場接他們，帶他們瞭解學校環境，帶他們去開銀行帳戶、辦手機卡什麼的。田非一開始接待的幾個都是非洲兄弟，渡邊是田非接待的第一個日本留學生。從在機場見到他開始，田非就對這個日本大叔有深刻的印象。那時田非拿著一張寫著他名字的牌子在旅客出口等著，看到這個男人朝他走過來，用生硬的漢語笑說：「我是渡邊。」田非一時還反應不過來這就是他等的人。這人比田非還矮一頭，看相貌應該有四十歲了，戴著一頂棒球帽，穿著樣式普通的夾克衫和運動褲，拉著一個舊行李箱，一眼看上去像哪個火車站候車室等車的民工，和田非預想的日本來的留學生相去甚遠。但不知為何，那時田非就對這個瘦小的大叔產生了特別的好感。很快他從渡邊身上看到了他所知道的日本的人特點，特別有禮貌，什麼事都打招呼，能自己做的事從不麻煩別人。此外渡邊還有特別節儉、物質要求很低、珍惜舊東西的特點。他只有兩三套外衣，一年裡反覆地穿。他從日本帶來的行李裡包括了飯盒、勺子、筷子這些零碎的東西，看著都像用了很久的。田非有好幾次帶他出去玩，每次出去他都堅持要坐公車，不肯坐計程車。此外他生活特別規律，平時每天晚上一定十點睡覺，早上一定六點起床。

渡邊做完一年交換生就回了日本，之後渡邊每年都還會和田非交換幾次信，互通近況，成為田非大學時認識的人裡少數幾個後來和他還一直有聯繫的人之一。田非覺得有點奇怪，因為他感覺渡邊不大喜歡他，因為他那時揮霍的生活和渡邊的信念應該是格格不入的。但不知為何渡邊一直保持著每年元旦給田非寄賀年卡的習慣，信裡的語氣也彷彿把他當成一個好朋友。田非得知渡邊回了日本後很快去了柬埔寨，在那裡參與一個通信設施建設的項目。在柬埔寨待了五年後，渡邊又去了斯里蘭卡，也是在那裡建設網路。田非到日本的時候，渡邊還在斯里蘭卡。直到田非在日本的第三年，渡邊才回了日本，回到他滋賀老家。那之後因為離得算近，田非每隔幾個月都會從京都過去看他一次。上一次去找渡邊是這一年元旦的時候。

快到米原站的時候，田非按之前約定好的給渡邊發了信息。從車站走出來，站在車站前的停車場等了幾分鐘，就看到渡邊的麵包車從一頭開過來。渡邊開的是一輛日本小鎮上常見的十分經濟的四座小麵包車。停下後，田非就拉開門上了車，和駕駛座上的渡邊交換了招呼。

「精神好嗎？」

「很好，謝謝。」

雖然今年應該五十二、三歲了，渡邊的面貌和十年前相比看不出什麼差別。田非打開書包，把之前在京都八橋一家店買好的日式點心拿出來給渡邊。渡邊接過一看放到後面的座位說：「唉，不是說不要給我帶東西嗎。多謝了。」看了一下車上的鐘又說：「現在十點半，所以我們就去爬個山，中午到我說的那家餐館吃飯，下午兩三點後去釣魚，晚上再到我家吃飯。這樣可以嗎？」

「可以，很好的安排。」每次田非去找渡邊，渡邊都會提前做好活動計劃，不會等田非到了再和他商量要幹什麼。

渡邊的車從小鎮的街道穿過，上了一條蜿蜒的柏油鋪的山道。山道上很安靜，隔好一會兒才能看到一輛車。渡邊把車停在山道盡頭一個停車場，兩人從車上下來。田非還沒有來過這塊地方，周圍都是大樹，樹蔭遮天，有一條步行的小道從停車場一側延伸出去。渡邊示意說：「我們從這裡走。」田非便跟著渡邊從步行小道走上去。「今天雖然很熱，這山裡還挺涼爽的。」

「是的。」

「最近在京都有爬山嗎？」

「還是像以前一樣，隔幾天就會去爬一次大文字山。」

「大文字山啊，很不錯。」

「兩三個月前還去爬了一次比叡山。」

「比叡山啊。從我們這座山上就能看到比叡山哦。」

「是嗎？」

「等一下指給你看。」

兩人無聲地走了一段。爬山似乎是渡邊最中意的戶外活動。那年在北京時，田非問渡邊有什麼想去的地方，他第一個反應就是問附近有沒有可以爬的山。對人文景點他稍微感興趣。至於商業中心，王府井、西單什麼的，渡邊似乎沒有任何興趣。

山道變得凌亂起來，落葉隨便蓋在路面上，幾乎已看不出來這裡有一條人工的道路。周圍的樹木彷彿也變得比剛才茂密。渡邊指了一下一旁地面說：「這裡有個地藏。」

田非一看真有一個不顯眼的地藏的石像。

「從這裡拐進去有個神社，去看看嗎？」

「好啊。」

田非跟著渡邊往一條岔道進去，很快看到一個紅漆已經完全剝落的鳥居，鳥居後面大約十米的地方有一個大約一米高的神龕。走近一看，神龕裡面供奉著一面鏡子。

「這是紀念山神的神社。」

田非周圍看了一下說：「誰會來這裡拜山神呢？」

「有的獵人路過這裡會來拜。」

繞了一圈兩人從原路出去。田非說：「這神社好像是會讓人失蹤的那種。」

渡邊笑了一下說：「這山上以前真有人失蹤過。應該有三次吧。有一次是一對青年男女在這裡失蹤，警察在這裡找了兩天沒找到任何蹤跡，當時還上了地方報紙，流傳了一陣。」

「聽著還挺不錯的。」

「什麼挺不錯？」

「和情人一起失蹤。」

在前方轉過一個拐角，渡邊指了一下遠處，說：「你看到那個塔了沒？」

田非一看，對面一座山的山頂上有一座金屬支架搭建的塔，高度像高壓電線塔，塔尖上有幾個圓盤。

「那是通信塔，給我們提供手機信號的。我在斯里蘭卡參加的項目組主要工作就是建這樣的塔。」

「渡邊桑親手蓋過這樣的塔？」

「我沒有參與基礎設施那一塊，我做的是軟體方面的工作。」

「原來如此。」

「我在斯里蘭卡待了五年，在柬埔寨待了三年還是四年。」

「做同樣的工作？」

「差不多。在柬埔寨和斯里蘭卡之前其實還去了緬甸，在那裡待了一年。這些國家真的很需要這樣的建設。所以回想一下我在這些國家的工作，還是覺得有意義的。」

從山上下來後渡邊開車帶田非來到一家緬甸菜的餐館。老闆看著是地道的緬甸人，和渡邊也認識了很久的樣子，兩人進去後渡邊就和老闆用緬甸語說話，田非聽了一會兒什麼也沒聽懂，就拿起桌上的菜單翻了翻說：「有什麼渡邊桑在緬甸時吃過的菜嗎？」

渡邊指了一下菜單上的圖片：「那就是這個咖喱羊肉，我在緬甸時常吃。還有這個醬瓜，我在緬甸時幾乎天天吃的。」

「那我就要這兩個。」

點完菜渡邊說：「那時在緬甸最大的樂趣就是吃飯，其次就是在宿舍後面的網球場跟同事打球吧。其實最喜歡的還是日本菜，不過從小吃到大吃慣了。想到世界這麼大，還是想去嘗嘗看世界上不同地方的不同食物。」

「渡邊桑是什麼時候開始有這種想法的？」

「差不多是你這個年齡的時候吧，三十四、五那會兒。那時是覺得工作的地方做得很不順心，所以辭職了想做點別的。說來也奇怪，那之前幾乎沒想過要離開日本，但那念頭一夜之間不知從哪裡冒出來，想去不同的國家生活看看。結果導致後半生大部分時間都在國外了。」

從餐館出來，他們就去渡邊家拿了兩副漁具和餌料，然後開到琵琶湖邊一處石灘邊上。

「這一帶是鮎魚集聚的地方。」渡邊拿著漁具走到石灘上，遞給田非一根釣竿，然後就在自己的魚鉤上裝魚餌。田非也學著樣子，裝上魚餌，然後把魚鉤拋出去。

「哦？樣子不錯哦。」渡邊笑說。

兩人的浮標都在面前四五米遠的水面上。離他們差不多二十米遠的地方有另一個人也在這片石灘上釣魚，帶著草帽，穿著短袖短褲。田非想起他和渡邊去年春天的時候也在這琵琶湖釣過魚，是在另一處石灘。兩人在那裡等著魚咬鉤的時候就東一句西一句地聊著天。

到了太陽西斜的時候田非和渡邊數了一下桶裡的魚，有六條鮎魚和幾條田非不知道名字的魚。

「今天就到這裡吧，這也算大豐收了。」渡邊說著把桶裡除了鮎魚之外的魚又扔回湖裡。

兩人收起漁具上了渡邊的車，往渡邊家開去。渡邊家田非去過幾次了，是一棟在半山坡上獨立的小房子，兩層高四五間房，有一個很大的後院。渡邊之前說過這棟房子是他父母留下來的，他小時候就住在這裡，一直住到他去九州讀大學的時候。他有一個弟弟和一個妹妹，之前是五個人住在這裡，後來他弟弟和妹妹都去了東京，他父母又去世後，這房子就沒人住了，成了空屋。他從斯里蘭卡回來時候把房子稍微修整了一下，之後就一直一個人住在這裡。渡邊說一年之中除了田非和另外兩三個朋友來拜訪的時候之外，這房子只有他一人住著。

兩人從渡邊家門口進去，進了客廳。客廳另一側的落地窗外就是後院。渡邊開了燈，讓田非在客廳裡坐一下，說他去準備爐子。田非就坐在客廳的坐墊上，看著院子裡的柿子樹。渡邊從廚房拿了一個小水桶形狀的爐子放到後院，裝了煤球，點上火，然後拿鋼絲網放在上面。接著兩人就在這個爐子上面烤魚，撒上鹽，香味很快飄了起來。

「這裡還有一些蘿蔔、洋蔥，一起烤了吧。」渡邊在爐子上放上蔬菜。

田非接過渡邊給他的筷子，把烤好的魚夾到盤子裡嘗了嘗說：「嗯，好吃。很鮮。」

渡邊吃了也說：「確實好吃。果然鮎魚要吃這個季節的。」吃了一會兒說：「現在這種養老一般的悠閒生活年輕時的我大概是從來沒想過的。我也算是從紙醉金迷的時代過來的。那時候愛和錢就是一回事。我剛從大學出來的那幾年，表達愛的方法就是大把拿出錢來甩給女人。所以就拚命地想賺錢，每一天起來時都會對鏡子裡的自己說我要賺錢。那時每個人可能都是這樣的。當然後來整個環境變了，我到了三十多歲時喜好也有改變，也認識了不同類型的好女人。但要說愛，我可能只能愛那個年代的那種女人了吧。」

田非還是第一次聽到渡邊談起女人的事，不禁問說：「渡邊桑今天為何會想起這些？」

渡邊沉默了一會兒，沒有回答，而是轉了話題說：「你和齊雯還有聯繫嗎？」

田非聽見這名字一愣，說：「沒聯繫了。以前說過的，我大學時認識的朋友後來基本和我都斷了聯繫。」

渡邊說：「想起那時候，你經常跟我說一些女生的事，這個齊雯你只提過兩次還是三次。但是聽你說的時候，我感覺她應該是個很不錯的女人。要是還能遇到這樣的女人，要是我就會想辦法弄到手。」

田非想了一下他聽到的最後的關於齊雯的消息。

「我在四五年前聽說過她結婚的事，現在好像在中學當老師。」

「是這樣啊。」

田非看著渡邊的表情，心想是不是最近有跟他提過小桃，而自己不記得了？

兩人吃完烤魚又在客廳裡看電視，隨便閒聊，跟著電視節目聊了核能問題、北朝鮮拉致（綁架日本人）問題什麼的。快到九點的時候田非起身告辭，渡邊便挽留他在這房子裡過夜。元旦的時候田非是在這裡住過兩天。但今天田非似乎不是那個心情，還是決意要回家。他想明天一早把今天來的電車上構思好的小說寫下來。渡邊也不強留他，和他一起出門，開車把他送到電車站。和渡邊揮手道別，檢票進站，田非就坐在站臺的椅子上等車。離下班車來還有十幾分鐘。回想這一天和渡邊說的話時，田非忽然想起一件關於齊雯的事。那天齊雯拿著一本書在路上叫住田非，書名田非想不起來了，齊雯說這是她很喜歡的一本書，想送給田非，希望他讀過以後能對她說一些讀後感。那本書後來田非不知道放到哪裡去了，他也沒有向齊雯說過讀後感。

「要是還能遇到這樣的女人，要是我就會想辦法弄到手。」

田非坐的方向對著山，從站臺的圍欄看出去，一片黑漆漆的山體上零星地亮著燈光，大部分是橙黃色的，少數是白色的，不管哪一色，在夜幕中都顯得脆弱而無力。田非盯著這些燈光看著，電車遲遲不來，好像永遠不會來了似的。

第七章

1

那天天賜在長安城外砍倒使紫炎劍的四大武師之一的嚴興後，襄陽軍很快打垮了羌王的部隊。接著天賜一夥人就在長安城裡等待消息。天賜雖然想儘快攻入北方的王都，打敗羌王，找出黑暗法師克刻齊的意圖，但此刻見這個形勢，他判斷自己一人深入敵陣是行不通的，必須要配合整個部隊的行動。蔡鏢頭這幾天接到各地情報時也給天賜講解了形勢，各地舉兵的情況，目前義軍和羌王的軍力比較等等，天賜耐著性子聽著，也做不出什麼判斷。蔡鏢頭說他也不能對軍隊做主，現在最能做主的應該要數他們的大老闆，錢公。蔡鏢頭說錢公已經從襄陽出發往長安城來了。天賜便與一夥人等著。

過了大半個月，這天一輛馬車從南門進來，將領石杯去看，看到是錢公，便徑直把他帶到天賜面前。天賜正在長安宮後院與豪凌練武，見一個身軀肥滿的中年男人進來，朝他直走過來。「讓我來看看，這就是傳說中的天賜。果然生得一副不凡的模樣，一看就是要擔起天下大業的人。小人姓錢名照，今後小人這條老命就交在你手裡了。」

天賜看他穿一身華麗的衣袍，頭戴彩繡的帽子，油光滿面，看來是個養尊處優的人。一會兒後天賜和蔡鏢頭錢照三人來到長安宮茶室會談。蔡鏢頭在茶桌上攤開地圖，指了指幾個城池說：「我聽到的消息，江南的廬江、建業都有人舉兵加入我們，但不知現在戰果如何。」

錢照說：「現在情勢不是很妙。雖然江南有六個大城舉兵，相對羌王北方的大片勢力還是顯得薄弱。而且我聽說羌王派兵去鎮壓這幾個城池時，義軍被打得節節敗退。因為羌王派出了地魔，義軍完全無法與之抗衡。」

蔡鏢頭說：「那現在我們要怎麼行動？」

錢公說：「我們現在要調動更大的人心。只是說羌王無道還是不夠的，我們要推出一個正面的力量，把天下所有有反意的人凝聚起來。」

說完三人一起沉默了片刻。蔡鏢頭說：「錢公的意思是？」

錢公看向天賜說：「我的意思是天賜要稱王立國。」

天賜聽了心裡一驚。

錢公說：「如果不立國這事辦不起來。不立國，最後打敗羌王，把他殺了，然後大家各自回去種田？不行的。我們要推翻一個國家，我們這裡也非得建立一個國家才行。」

天賜說：「我沒有想過要當王。我最初的目的，就是為被殺死的那一村人報仇，我只要消滅黑鴉隊，除掉黑暗勢力就可以了。我真沒想過要當王建立一個國家。」

「現在除了你沒人能當這個王。你又是傳說中龍族的後人，又有神劍在手，很有說服力。反抗勢力要有你這樣的人作為中心才凝結得起來。不是為了你自己，而是為了反抗勢力能取勝，為天下百姓能再次過上安穩的生活，這個王你非當不可。」

天賜看向一旁窗外，片刻後說：「容我考慮一天。」

錢公說：「好，我明天聽你的決定。」

天賜接著一天下來腦袋幾乎空白一片，不知該想什麼好。晚上他和豪凌、愛謝一起吃飯，吃完後他對兩人說到院子裡散散步。三人就一起來到長安宮的後院裡。這天明月當頭，池子裡的荷花在月光下清晰可見。天賜對兩人說了錢照要他當王的事。

「你們怎麼看？我該不該當這個王？」

豪凌打了個呵欠說：「聽著還是滿有意思的嘛。反正你也沒當過王，就當當看唄。像我這樣只要有吃的別的事都不在乎的傢伙，也不懂當王有什麼好處。我只是想如果你當王是為了做一些有意思的事，我就繼續跟著你。但如果你成為了一個無聊的大人，不管那時你是王還是什麼別的，我就會離你而去。」

天賜聽了想了想，問愛謝：「你覺得呢？」

「我跟豪凌想法基本一樣。我本來就是想看到一些有意思的事發生才跟著你的。如果你當王能讓事情更有意思，那你當給我看看啊。我還希望你當了王奪了位後能把史料庫、寶物庫什麼的開放讓我參觀呢。但如果你是為了無聊的理由想當王那就算了。」

「無聊的理由是指什麼？」

「比如說為了威風，為了變得有錢有勢。」

天賜聽了點點頭說：「我明白你們的想法了。」

經過一夜輾轉反側，清晨時天賜大致心裡有了答案。吃過早飯後錢公和蔡鏢頭進來問他的決定，天賜說：「如果我當王，我要建立一個光明的國度。現在我們的對手明顯是在操縱黑暗的力量，給中土百姓帶來恐怖和壓迫。我相信我有打倒這個黑暗力量的方法。所以我會戰鬥到這個黑暗力量被消滅。但在那之後我就不知道自己能干什麼了。如果我不能再和黑暗力量對抗，我就會讓位給別人，讓有能力的人當王，這樣這個光明的國度就能一直保持下去。」

錢公鼓掌說：「非常感人。所以英雄現在是決定當王了嗎？」

天賜說：「為了天下百姓能生活在光明的國度，我當這個王。」

錢公說：「那我們來商量一下這個程序吧。」

三人便在天賜的房間裡商量，決定稱國號為「炎」，天賜為國王，錢照為宰相，蔡洪為軍師。

錢宰相做的第一件事是寫文書昭告天下，大炎國建國。他寫完天賜看了看，詔書裡說天賜是順應天命當王，天下蒼生歡呼雀躍，又說天賜將替天行道，消滅黑暗，開創光明時代。最後又讓收到詔書的人來加入他們。天賜確認合意後，錢宰相就讓人抄了三十份，發給江南江北各座大城城主。做完這事，天賜問錢宰相下一步怎麼行動，錢宰相說：「現在各地已經有多處舉兵的義軍。但是他們現在受到羌王地魔隊的攻擊，要他們高高興興來加入是不合情理的。你就看著，收到我們的詔書後，一定有人會來求我們幫助。陛下既然有神劍，消滅地魔應該易如反掌。」

天賜想了想說：「為何我們不主動去救他們呢？」

「一來現在也不知道哪個地方地魔的攻勢最猛。二來還是要他們求救後再去救他們更能讓他們記著陛下的好。」天賜聽了點了點頭。

眾人在長安城等消息過了四五天。這天有一匹快馬來報，果然是來求救的。信中說江夏城城主一月前舉兵反抗羌王，上半月出兵北上遇到羌王的部隊，吃了敗戰。羌王的部隊裡有幾隻地魔。現在羌王的部隊準備圍攻江夏城，城主希望天賜速速前往解救。天賜便和宰相軍師商量。正商量著，又有另一匹快馬來報，是從盧江城來的，說的也是一樣的事情。天賜問錢宰相該怎麼辦，錢宰相讓天賜先去江夏城。

「江夏離長安近，又是中部的要城，應該先去救。救完江夏再趕往盧江不遲。」

天賜聽了點頭，蔡軍師又說：「陛下應該領一千精騎飛速前往。對方的主力是地魔，帶多的兵沒用，只能由陛下親自應付。我帶一萬步兵隊跟在後面，作為對陛下的支援。」

天賜說：「很好，就這麼辦吧。」

於是天賜就帶了一千精騎出發，三天就趕到了江夏城下。天賜看到城北門外有一批黑壓壓的人馬，是羌王的部隊無疑。江夏城城門緊閉，看來他是在羌王攻城之前趕到了。

天賜轉到北門下面，城樓上有一人問：「城下來者是誰？」

天賜應：「我是天賜。」

「英雄你總算來了。對面那纏繞在黑煙之中的就是地魔，我們不能敵，全交給英雄了。」

天賜說：「交給我吧。」

天賜就帶著騎兵隊朝羌王的部隊衝過去。一個將領迎出來說：「來者是誰？」

「大炎王天賜！」

「好啊，反賊的頭目來了，大家上，抓住反賊天賜的可以在羌王那裡封侯加爵！」

數千的步兵朝天賜湧上來，但天賜不以為然，用金月劍一揮就掃平了他們。他知道自己真正的對手是在這部隊後方的地魔。剛才地魔被鎖鏈鎖著，這時對方將領見情勢不妙，下了打開鎖鏈的命令，五隻地魔就朝天賜的方向走過來。

這幾隻地魔和那時天賜在揚州城外看到的一模一樣，天賜知道他們的威力，雖然說有人承諾神劍能對付地魔，但他還是不敢輕舉妄動。他身邊的騎兵十來人先朝地魔衝了上去，剛到地魔面前就被地魔連人帶馬像紙片一樣撕碎。離天賜近的地魔朝天賜張嘴，一股藍色的火焰朝天賜撲上來。天賜立即拔出神劍，只見銀光一閃，火焰被化解了。見到神劍的銀光，地魔都有點懼怕的樣子，站在原地不動了。天賜就拿著神劍朝前面的一個走上去，一舉往頭上劈下去。地魔雖然擡手抵擋，但手和身體都被神劍劈開，斷成兩半。這時候剩下的四隻地魔從四個方向圍住了天賜，一起衝了上來，天賜四下一看，伏倒身子，使出崑崙劍法「輪迴」，劍氣一轉，四個地魔有三個被砍開，離得遠的那個見了，準備往後退，天賜使出「去勢」，用神劍劍氣擊穿了這隻地魔。羌王的部隊見地魔被打敗，士氣潰散，開始往後退，天賜的精騎就追殺他們追了一里地才回來，殺了也有上萬人。

回到江夏城下，江夏城城主打開城門來迎接，見了天賜便立即下拜說：「今日蒙英雄出手相救，解了江夏城這個圍，大恩大德感激不盡。」

天賜說：「你也舉兵反抗羌王，可見是義軍，何不加入我大炎國旗下，一同建立新國？」

城主說：「從今天起江夏城就是大炎國的屬地了。」說著請天賜到城中衙門休息，天賜就吩咐騎兵自行休息，跟著城主進去。從城內街道穿過時，百姓夾道來觀望，見到天賜的都歡呼不已。

進入衙門的休息室，城主讓天賜坐下，然後給他講這江夏城的歷史，有多少民，有多少糧，稅收多少。正在說著的時候，一個武官來報，說外面有一個人想見天賜，自稱是天賜的師兄。天賜聽了問此人長相如何，聽這武官的描述，天賜判斷是去年在烏梅鎮分道揚鑣的師兄衛青，便說：「這人應該是我在崑崙山習武時的師兄。」

便請這人進來。來的果然是衛青。他滿面歡笑地迎到天賜面前說：「天賜，剛才我在街上看到你騎馬跟著一大隊人，還不敢相信是你，來打聽了一下，才知果然是你。」

天賜說：「師兄別來無恙？為何不在烏梅鎮，而來了江夏？」

衛青說：「你走了不久之後，羌王派了人來徵錢、徵糧，我那時正好不在，鎮長不大願意給，和他們口角了幾句，就被士兵殺了。家裡的財產也都被抄走了。我沒辦法，所以帶鎮長女兒，我老婆，來這江夏城，看看能不能謀個生路。」

天賜聽了便對城主說：「這是我崑崙山的師兄，武功很好，你可以在軍中給他個官職。」

城主說：「既然是陛下提出的，不成問題。」

衛青笑說：「陛下？天賜，你現在是什麼人？」

天賜也笑了笑說：「我也不知怎麼，忽然間就被推上了一國國王的位子。」

衛青說：「不如今晚一起吃飯，我們師兄弟好好敘敘舊。」

天賜說：「恐怕不行。我喝了這口茶，馬上就要帶騎兵趕往廬江，那座城也被地魔圍困，需要我去救。」

接著的一個月，天賜就在江南各地迎擊配有地魔的部隊，解決了一個地方，聽到下一個地方的危情，又立刻趕去。輾轉各地一個月，掃蕩了羌王七八隻部隊，消滅了四、五十地魔，被天賜解救的各座城池都紛紛對天賜表示效忠，加入了大炎國。一個月下來，天賜也是精疲力竭，準備回長安城休息。這天他帶著騎兵隊已經快到長安城，經過一個山谷的時候，前面十丈高的山崖上忽然出現一個人影，這人用洪亮的嗓門說：「來者可是天賜？」

天賜應說：「是我。你是何人？」

這人大笑三聲說：「我可等你很久了。」說著舉起一柄大錘。天賜見狀立刻叫騎兵隊散開，接著就見這人舉著錘子從崖上跳下來，他著地時雷光一閃，轟地一聲，砂石一陣亂飛。靜下來後，只見這人著地處地面被錘子轟開，形成一個圓形的坑。

天賜見此人實力非凡，暫且站著不動。這人把大錘扛在肩上，朝向天賜說：「自從我師弟嚴與敗在你手下，我就盼著能和你交一次手，看看誰更厲害。我是四大武師的首席洪權，我這錘子叫雷鳴錘，你可準備好了嗎？」

話剛落音，這人就舞著錘子朝天賜撲上來。天賜拔金月劍迎擊。武師一錘朝天賜當面砸下來，正砸在金月劍的劍身上，一時間雷光金光亂飛，周圍騎兵的幾匹馬被震開，天賜拿著金月劍的手也被震得發麻。第二錘橫著掃過來，天賜不敢再硬接，往後跳開，穿過錘子拉動的電流，全身又是一陣發麻。

「怎麼，這就膽怯了嗎？」武師獰笑著，又一記大錘朝天賜迎面砸來。這時天賜心中已經有點主意，他往後跳開，看到這一錘錘在地面，捲起一陣砂石時，他往前以「去勢」射出金月劍，切斷了錘子的把柄。這武師再站起來時，手上只有斷了的柄身，那錘子還留在地上。天賜趁他愣著時，以氣舞劍，使出「浮塵」，從下往上把劍往武師方向拋去。武師扔開錘柄，伸出兩掌試圖以氣牆阻擋劍氣。但金月劍的劍氣不是他空手可以阻擋的，金光輕易地就穿過了他的氣牆，往前穿透了他的身體。這武師就應聲倒下了。

回到長安城裡，天賜全身幾乎都動不了了，和宰相軍師打了聲招呼，告訴他們在城外遇到四大武師中的一人的襲擊的事，就回到長安宮自己房間裡，往床上一倒。他倒也沒睡意，只是動不了身子。豪凌進來，在屋子另一側的毯子上一躺，就和他有一句沒一句地說話。天賜告訴他這一個月出征的見聞，說了一陣後，豪凌自顧地睡著了。天賜見了也閉眼休息。

不知休息了多久，忽然聽到豪凌喊了一聲：「天賜小心！快往後閃！」天賜睜開眼，房間裡除了豪凌看不到別人，但他還是下意識地往後一滾。這時只見床上天賜剛才躺的地方「刷刷刷」出現了幾個洞。

豪凌大叫道：「天賜，這屋裡有人！我們看不見，但我能聞到氣味，他就在你面前！」

天賜聽了便伸出手指，往前射出氣彈，接著跳向一側，取下掛在牆上的金月劍，往前一揮。有一個看不見的身子跳向一邊，撞開了桌子。

天賜只聽一個聲音笑了兩聲說：「看來你發覺了我冀憑的存在，但對於一個看不見的對手，就算你有寶劍，你能打贏嗎？」

豪凌大叫說：「天賜，我能聞到他的方向！他在桌子前面！」天賜揮劍劈開了桌子，但似乎沒傷到隱形人。

豪凌又大叫：「天賜，他朝我過來了！」

天賜聽了就抓起床上的被單，朝豪凌的方向扔過去。被單蓋在豪凌前面兩步遠一個人身子上。天賜立即唸動咒語：「火！」燒著被單，接著就聽那人哀嚎了一聲，在被單下扭動起來。天賜一劍橫掃過去，把這人攔腰劈成兩半。見這人倒地不動後，天賜唸咒用水霧滅了火，再撩開被單，看到下面是一個披著斗篷的人，又撩開斗篷的頭蓋，可以看到這是一個二十來歲的年輕人，再看他手裡捏著一把匕首。這時蔡軍師聽到動靜過來查看，天賜就對他解釋了發生什麼。

「你說他自稱龔憑？」

「對。」

「我是聽說過四大武師中有一位姓龔的，有一樣寶貝是能隱身的斗篷，使一把匕首，經常被羌王派去做暗殺的任務。看來倒在這裡的就是他了。」

天賜說：「剛才如果不是豪凌鼻子靈，我現在怕是已經沒命了。」

蔡軍師說：「所以現在的當務之急，還是儘快北上攻入王都晉陽，結束羌王的統治，否則夜長夢多。羌王的四大武師你已經消滅了三個了，小心點消滅最後一個之後，羌王那裡武功上應該沒有可以與你為敵的人了。這兩天你在長安宮好好休息，我和錢宰相定好北上的計劃後，我們便立即出兵。」

2

田非寫完這一段，手在電腦上停了五六秒鐘，然後把目光看向餐廳。他聽到客人的說話聲，服務員的招呼應對，和餐廳裡音響放著的不知名的歌劇。下午三四點的薩莉亞，三分之二的位子空著，三分之一坐著人，大多應該是來喝下午茶的。田非右手邊的桌子桌上放著兩人份的咖啡和蛋糕，看坐著的人的臉，是二十歲左右的女生，估計還是京大的學生。他左手邊的桌子空著，對面隔著一張桌子有四個男生坐在一起，穿著同一樣式的短袖短褲，看起來像剛參加完俱樂部活動。右邊的女生和對面的男生都是田非印象中沒有見過的。他忽然覺得有點奇妙，自從開始寫這篇《神劍傳奇》，他隔兩三天就會來薩莉亞坐一下午，已經有兩個月了，但好像還沒有在客人中看到過相同的臉。每次他寫完一段擡頭看時，看到的都是陌生的面孔。也許是京大的學生真的很多，看到同一個人的機率小。也許是他自己記性不好，就算出現同樣的人，他也認不出來。沒有認識的人也好，在陌生人裡，他可以不必顧慮別人的目光，不必擔心有人過來和他打招呼打斷他的思路。他寫的故事已經有了精彩的發展，但他身邊的世界什麼也沒改變，沒人需要知道他在寫什麼，並且回應他。

田非合上電腦，把一旁杯子裡的蔬菜汁喝乾，然後拿起手機。沒有新消息。他輪流打開微信和LINE，翻了翻最近收到的消息。微信裡最近的消息是昨天他一個表妹給他發的。這個舅舅的女兒想來日本讀研，發了一份關於學校的日文資料給他，說這些這些地方看不懂，想讓田非給她解釋一下。她想申請的是東京的一所私立學校。這資料田非還沒看，他也沒想很快就回覆這個表妹。田非這個表妹的父母，田非的舅舅和舅媽，在國內都屬於體制內人士，在機關裡端著鐵飯碗，也早就幫表妹安排好了進體制內工作的門路。上一次田非回國的時候見到她時，她對自己被安排好的前途似乎非常滿意，而且對於田非跑到國外去混這件事似乎有所鄙夷。所以聽她說想到日本來時，田非心裡十分困惑。他想這樣的人留在國內一定能混得很好，不要出來不是更好嗎？總之田非不是特別想幫她。

打開LINE，最近的消息是鍾喜早上發給他的。他們本來約了三點在出町柳附近喝咖啡，早上鍾喜跟他說她臨時有點急事得去應付一下，問能不能改成一起吃晚飯。田非回說可以，兩人就約了五點在三條見。沒翻到這條信息，田非差點都忘了這件事。他看了一下時間，快到四點。他便把電腦放進書包裡，背著書包站起來，拿著帳單去買單。從薩莉亞出來，他想還有一點時間，可以先去生鮮館買點吃的。他就沿著東大路往北走。上回給鍾喜發了他以前寫的小說後，鍾喜似乎很感興趣，又讓他把別的舊作發給她，田非就照做了。每次看完鍾喜都會約他出來喝咖啡，想和他討論。因為這樣他們也見了三四次了。田非也不知道這樣跟師姐的女朋友見面算是什麼。他想他們之間應該什麼也沒有。田非沒有對秦豐師姐隱瞞和鍾喜見面的事，每次見面後都會告訴她，但師姐的反應總是淡淡的，好像並不在意兩人的見面。

田非到超市買了牛奶和水果，回到家把東西一放，稍作休息，就出門去三條。他和鍾喜約在三條河原町路口一家酒吧餐廳。鍾喜比他先到了五分鐘，他收到鍾喜的消息進去，看到鍾喜坐在一個靠牆的位子。這家酒吧田非路過幾次，但從沒進來過。酒吧裡氣氛昏暗，牆上裝飾著亮度不高的燈，勉強照亮吧檯，懸掛在吧檯上方的英文寫的菜單，還有七八張桌子。這時酒吧裡幾乎滿座，每一張桌子邊都坐著人。

田非坐下笑說：「怎麼會知道這麼個好地方？」

「以前跟你師姐來過。」

鍾喜留著自然放下稍微捲過的長髮，穿著一件袖口有褶子的短袖。田非看她面前放著一杯雞尾酒，便問她點了什麼。

「龍舌蘭加橙汁，吃的還沒點。」田非就示意服務生過來。兩人都點了漢堡，田非點了一杯伏特加加可樂。

服務生走開後田非說：「有沒有覺得今天街上人特別多？」

「是啊，今天是祇園祭最熱鬧的一天。」

「哦對啊，這幾天沒來三四條這裡都忘了。原來已經是七月中了啊。」

「你最近都在忙什麼呢？」

「還是那樣啊，就是每天看書，做筆記，寫論文，有餘力就寫寫小說。」

鍾喜拿出手機，大概是打開了田非之前發給她的小說，上下滑了兩下。

「所以你這篇《鴨川》是你剛來京都的時候寫的？」

「是啊。」

田非給鍾喜發了一篇他四五年前寫的小說，講了一個破案的故事，一天早上鴨川邊上出現一具女屍，年輕的刑警趕到現場時，發現死者是他的高中同學。追查下去，發掘出了種種這名女子生前的生活細節，並且最終發現，她在高中時可能喜歡過這個刑警，但這事已經無法確認。

「挺有意思的，小說裡出現那麼多京都的地名，給人感覺作者好像在京都生活過很多年。但其實你那時才剛到京都。」

「對啊，那時剛到京都，對很多地名都覺得很新鮮，就想寫篇小說把這些地名都用進去。有些可能都用得太牽強了。」

「所以男主人公到底是不是喜歡女主人公？還有女主人公到底是不是喜歡男主人公？我讀了兩遍也沒看出一個確切的答案。」

「我有意這樣寫的。男主人公這個刑警他追查這個案子其實就是在追查女主人公的心意，最後他得到了一個結論，卻永遠不能向這女生確認。我想天下大多帶有遺憾的感情結果應該都是這樣的。」

鍾喜笑了兩聲說：「這是你的親身體驗嗎？」

「像我寫的所有的小說一樣，一半親身體驗，一半想像。」

鍾喜喝了一口雞尾酒，把手放在桌子上，盯著田非說：「我來講一個親身體驗吧。想聽嗎？」

田非想——這是要說什麼？口裡卻說：「願聞其詳。」

鍾喜便說：「我上班的地方有個男生，是日本人，比我小兩三歲的樣子，我們一年前就開始一起在那個地方工作，但都沒怎麼講過話。一個月前有一天我們同時下班回家，那時正好下雨，他沒帶傘，我帶著傘，就帶他走了一段，走到車站。我對他沒有特別的意思。但是這天之後，我發覺他開始動不動就湊到我身邊，但又不跟我說話，只是挨著我。吃飯的時候他會突然拿一根香蕉、一個橘子什麼的放到我面前。我就想和他聊聊，想找個機會告訴他我不喜歡男生的事，但他又像是想避開和我說話，我一找他說話他就躲著我。所以就想問問你，這個男生心裡到底在想什麼？」

田非笑說：「為什麼問我？」

「因為你是寫小說的，對於人情世故應該有很深的理解吧。」

田非想了片刻說：「我想問題不是他心裡想什麼，而是你心裡想什麼。如果你心裡沒有想，他想什麼其實並不重要。」

鍾喜笑了兩聲說：「問題就在於我對我自己在想什麼也不是很瞭解。」

「此話怎講？」

「我覺得我感情上是很被動的那種類型。就算我本來對那個人沒有意思，如果他表現出對我有意思，我就會想可能喜歡他一下也沒關係。對男生、女生我都是這樣的。」

田非想了想說：「你和秦豐說過這件事嗎？」「沒有。因為她的性格那麼高傲，如果我說我對一個男生有意思，她一定會說，那你去找那個男生吧。所以也不能和她說。前兩天我讀了你的小說，讀到那種不能明確分辨的感情，和我心境還挺像的，所以就想到要和你聊一下。」

兩人在那裡聊了將近一小時，田非問了關於這個男生的事的一些細節，但並不給鍾喜什麼建議。又東拉西扯一些別的，從酒吧出來的時候天已經全黑了。鍾喜忽然抓住田非的衣袖說：「既然都來到三條了，要不要去看一下祇園祭？」

田非想晚上他也沒什麼事，就答應了，跟著鍾喜沿著河原町往南走。走到「Round One」遊戲廳附近的時候，田非手機忽然震動了一下，拿出來一看，是小桃發給他的。

「我和洋洋在四條這裡，人好多啊。我都不知道今天是祇園祭。你現在在幹嘛？要不要一起過來湊個熱鬧？」

田非想了想，隨即回覆說：「我現在就和一個朋友在三條，也準備去看祇園祭。你們具體在哪裡？」

小桃說他們在高島屋前面。田非就對鍾喜說有另外兩個朋友也在附近，問要不要去加入他們。鍾喜答應後兩人就往高島屋的方向走。走到四條的路口的時候，這裡的路已經封了，機動車不能進來，只有行人可以走。行人無視平時的馬路規則，三三兩兩地走在便道到馬路中間的各處，好像在舉行什麼無政府主義的示威遊行。田非隔著馬路就看到小桃和簡洋在高島屋的門口，便帶著鍾喜走過去。

「這是鍾喜，她是秦豐師姐的朋友，我們晚上一起在三條吃了飯。這是簡洋，我們是一個研究室的，他也是秦豐的師弟。這是小桃，簡洋的妻子。」田非擔起了介紹者的責任。

「你好你好」，三人互相招呼。

小桃說：「我們本來是想來四條買點東西，看到路也封了，又有這麼多人，查了一下才知道今天這裡是祇園祭。你以前參加過嗎？」

田非說：「來京都的第一年來湊過一次熱鬧，之後就沒有來過了。」

「所以從這裡過去有什麼好玩的嗎？」

「最有標誌性的是鉾車，三層樓高的木質的車，車身上掛著燈，還挺漂亮的，有人在車上奏樂。在過去旁邊的小巷裡會有很多夜市的攤子，賣烤串、章魚燒、啤酒什麼的，也就是比一般寺廟的夜市規模大一點。」

小桃抓住簡洋的胳膊說：「我們沒吃飯就出來是對的，等一下可以看看有什麼好吃的。」

簡洋點點頭「嗯」了一聲，不以為然的樣子。四人就沿著四條往烏丸的方向走。

人流在河原町一帶還很鬆散，往烏丸方向走了兩個路口後變得擁擠起來。快到第一個鉾車的時候，路中間擺出了欄杆，把去的人流和回來的人流分開，而進了有欄杆的區域後，人流就是互相挨著前腳踩著後腳往前移動，像一個劇場的人一起擠向劇場門口似的。四人按簡洋、小桃、田非、鍾喜的順序擠進了欄杆欄著的人流裡。田非前胸幾乎貼著小桃的後背，小桃的頭髮就在田非的鼻子底下，讓田非聞到了洗髮水的氣味。四人跟著人流緩緩往前移動。田非忽然發覺小桃一隻手抓住了他左手手腕。從後面看不見小桃的表情，可能這只是她擔心走散而做的一個無意的舉動，但田非還是感到一個信息從小桃抓著他的手的手掌傳了過來。從鉾車下面經過的時候，田非擡頭看車身上燈籠，感覺在背景的黑色夜空裡特別耀眼，像是什麼預警的信號。車上的人奏的音樂，也彷彿是從遠古的一個神祕時代傳出來的，包含了什麼千百年人們無法解讀的祕密。第一次來看祇園祭的時候他並沒有這些奇怪的想法。

過了兩個路口之後，人流又變得鬆散起來。路邊出現了臨時搭起的亭子，裡面穿著白衣紅裙的巫女在賣一些類似符的東西。有遊客想給巫女拍照，被看場的人訓斥之後放棄了。一個小巷裡面可以看到賣小吃的攤子，油煙從攤頭上冒起來，小桃見了就拉簡洋說去看看。四人就一起拐進滿是人的小巷。往裡面大約有十來個小攤，有現場做熟食的攤子，烤章魚、鐵板炒麵、炸雞塊，也有賣小點心的攤子，蕨餅、糖蘋果，還有圍著小孩子的玩具攤。小桃和簡洋買了炒麵和章魚燒，田非和鍾喜不餓，就買了一份蕨餅分著吃。四人站在小攤邊燈照著的地方一邊吃一邊聊天。

小桃問鍾喜：「所以你們是怎麼認識的？」用眼神示意了一下田非的方向。

鍾喜停了停笑說：「我看了他的小說，還挺感興趣的，就和他聯繫起來。」

小桃笑說：「你覺得他的小說有意思嗎？雖然他經常寫了點什麼就發給我看，但我看了總覺得欣賞不了。」

田非說：「我覺得你給的評語很中肯啊。」

「我都是亂說的。本來我也沒看過多少小說。」

小桃說著又轉向鍾喜：「你說你是他師姐的朋友？」

田非代替鍾喜回答說：「就是秦豐師姐介紹我們認識的。那天她們兩個在一起喝酒，師姐忽然說有個師弟在寫小說，鍾喜聽了就說想認識一下，師姐就一個電話把我叫過去，是這樣吧？」

鍾喜笑說：「那天你好像已經要睡覺了，豐一個電話叫你你就來，也算是夠朋友了。」

小桃說：「原來是這樣啊。」

三人這樣聊著的時候，簡洋一直看著一旁不說話。

到了烏丸附近，走過第二個鉾車後，小桃的興致顯得更高了。她問田非：「前面還有幾個鉾車？」

「還有四五個吧，你要都去看嗎？」

「去啊。」

小桃往四下看，叫說：「那裡有賣刨冰！誰想吃刨冰嗎？」四個人就走向路邊賣刨冰的攤子，攤子邊上有些不知誰放的小桌，四人一人拿了一份刨冰後，就圍坐在小桌邊吃。

小桃說：「沒想到日本還有人吃刨冰。」

鍾喜說：「國內好像是十幾年前流行過一陣子，後來就很少看到賣刨冰的地方了。」

簡洋忽然說了一句：「什麼刨冰，難吃。」

小桃對著簡洋看了幾秒鐘，轉向田非說：「所以這個祇園祭是有什麼意義嗎？」

田非回答說：「最早應該是一個鎮魂的儀式吧。好像那一年日本流行瘟疫，死了很多人，為了鎮住這些亡魂，不讓他們變成怨靈，就在祇園這裡舉行了這樣的儀式。後來變成每年要舉行一次的一個傳統，主要意義還是鎮魂，不單是瘟疫裡死了的亡魂，還有死在洪水裡的、被野獸殺了的、被人害死的，總之就是鎮那些可能變成怨靈的亡魂。你看那個鉡……」

田非正這樣說著，簡洋忽然大聲說：「我說這刨冰難吃！」說著拿起裝刨冰的碗往旁邊一倒，站起來，頭也不回地往一頭走去。

田非看向小桃，小桃瞪著簡洋的方向靜止了幾秒鐘，轉頭對田非說了一聲「抱歉」，站起來追著簡洋去了。田非盯著兩人的背影直到他們消失在人流裡，然後轉頭看鍾喜。

鍾喜問：「他怎麼了？」

田非回答不出來，只是拿起面前的刨冰又吃了兩口。

第八章

1

自從天賜在各地消滅了地魔之後，反抗軍的勢力大增。天賜在長安休息的幾天裡，各地陸續有書信傳來，說已經舉兵反梁，想來長安與天賜他們匯合，一同攻上王都晉陽。錢宰相和蔡軍師適當地回覆了。兩個月過去，有十萬大軍集合到了長安。在濮陽也集聚了十萬大軍，準備和長安的大軍一起兵分兩路，從東邊和西邊進攻晉陽。蔡軍師看黃曆選了一個吉日，這月十四日，在天賜的帶領下，長安軍就出發了。

一路往東北方向走，所經過的關卡全部給長安軍放行。這樣一路行軍到晉陽城下，不單一戰沒打，還新加入了幾萬士兵。在晉陽西門外紮寨的時候，錢宰相和天賜吃飯喝酒，笑說行軍這麼順利，可見羌王的氣數已盡了。天賜聽了沒有說話，回到帳篷裡，看到豪凌坐在一角，也不想說話。

豪凌說：「攻下這座城，你就是中原的王了，此時感想如何？」

天賜說：「我心裡也沒多少期望，只有一種想快點結束的感覺。」

這時一位侍衛進來，遞了一封信給天賜，說是剛才經過軍營外的一個人說想交給天賜的。天賜打開來一看，信上寫著：「今夜子時，獨自一人到晉陽城北矮山上來。」沒有署名。

豪凌問信上寫什麼，天賜就告訴了豪凌。

「是圈套無疑。」

「我知道是圈套。」

豪凌看著天賜片刻說：「所以你還是想去？」

天賜說：「從長安起兵到現在，我一直表現得很乖，你們要我做什麼我就做什麼。在做這個什麼王之前，我想任性一回。」

豪凌說：「你有可能會死喔。」

天賜笑了一下說：「那我更想去看看了。」

豪凌想了一下說：「那別告訴老錢和老蔡，他們會阻止你。」

「知道。」

於是天賜便半夜裡起來，誰也沒告訴，一個人走出營寨。他看此地靈氣充沛，就拋出劍去，乘劍而行，一直往城北的山上去。這天的月亮將近滿月，生著一些雜草的地面被月光照得銀晃晃的。上了山坡又走了一會兒，只見有一個人從旁邊的樹上跳下來，站在離他約十步遠的地方。這人用一件斗篷包裹著身體，面孔罩在頭罩裡看不清。

「讓你一個人來你就真的一個人來了，你真沒有做王的自覺啊。」這人說，聲音是成年男人的聲音。

天賜回說：「你是四大武師中的一個吧？」

「我叫姜袁。你想看到的是誰呢？」

「我沒指望看到別人。」天賜回答，又說：「你憑什麼覺得可以勝過我的金月劍呢？」武師說：「我聽了你與我三個夥伴交手的報告，我覺得你今天不可能打贏我。」

「是嗎？」天賜說著便將金月劍抓在手裡。只見武師的手一揮，向天賜拋出暗器。天賜用劍擋下，「叮」的一聲，他又用手抓住彈開的暗器，再張開手一看，卻見手掌裡只有一層水沫。

武師朝天賜撲上來。此人的動作和力量顯然都不及最初的兩個武師，天賜閃開了他的兩招攻擊後，抓住一個間隙，揮劍朝這人身體砍下去。只見這人的身體靜止了一會兒，卻沒有如天賜預想的那樣斷成兩半。正奇怪時，只見這人的袍子的下半部分掉到地上，露出兩隻腳，在月光下顯出半透明狀。天賜又揮劍往這人的脖子砍過去，刷的一下砍斷了頭罩，頭卻沒有掉下來。頭罩掉了後，天賜看到這人的頭也是半透明的。

這人笑說：「現在你知道今晚不該來了吧？」說著舉手往天賜砍下去，天賜跳開，那手刀砍飛了天賜身邊的一塊大石頭。天賜心裡一想，朝武師舉起手，唸：「冰！」

武師笑著接下冷氣，說：「你這招我早預料到了。我身體裡的水不是一般的水，豈是你這入門級的法術可以凍住的。」天賜還是揮劍往這人斜斬下去，但毫無用處，這人被斬開的地方立刻又合上了。天賜拿著劍卻對這人毫無辦法，只能往後躲閃這人的攻擊。

接下這人十幾招之後，天賜漸漸力不從心，正著急時，忽聽耳邊有人一聲喊道：「天賜躲開！」天賜聽了往旁邊一躲，只聽「砰」的一聲，有什麼小東西打進了武師的身體裡。是愛謝在天賜身後開了火槍。天賜也不知愛謝用了什麼子彈，只是站著看變化，只見子彈打中的地方半透明的狀態消失了，顯出不透明的白色，而且很快往身體其他部位擴大。

武師低頭看了看，退了兩三步，看向愛謝說：「你是從波斯來的？」

愛謝不理他，只是對天賜說：「天賜，現在打倒他！」天賜聽了再次朝武師揮劍下去，一道金光劃過，武師的身體碎成了顆粒，掉了一地。天賜驚魂未定地盯著地面看了一陣，回頭對愛謝說：「你用了什麼子彈？」

「水銀彈。我剛才在旁邊看了一陣你們的打鬥，他的這種武功讓我想起在奧斯曼上學時學到的一種怪物。老師那時說水銀彈有效，我正好帶著水銀彈，就姑且試了試，沒想到真的破了他的功。我想他這個武功應該是在波斯或者奧斯曼的什麼地方學到的。」

天賜點點頭說：「多謝你來，愛謝，我又欠了你一筆。」

愛謝笑了一聲說：「我從豪凌那裡聽說你獨自出來赴約，跟著來看了看，本來沒打算出手。卻沒想到你到這時還有敵不過的對手。」

這夜天賜便回營寨睡了。第二天一早部隊便開始攻城，數萬士兵一擁而上，鋪開雲梯和衝車，攻打晉陽的城牆。天賜和蔡軍師在營寨裡遠遠地觀望。因為沒有更多的地魔出來，天賜也就沒有出手的必要。將近正午時晉陽的大勢已去，隨時可能開城門。蔡軍師這時對天賜說：「陛下，等一下抓到羌王，一定要處死他。這是建立新國必須的步驟。」

天賜想了一會兒說：「好。」

不久晉陽東西的城門都被攻破，士兵湧進城裡，天賜和軍師等人跟著進去。天賜跟著蔡軍師往王宮走，到宮殿前的廣場時，士兵已經完全佔領了王宮，並且抓到了躲在密室的羌王。天賜吩咐把羌王帶上來，一會兒便有士兵帶了五花大綁的羌王上來。羌王是個年紀五、六十的男子，留著大鬍子，顯然養尊處優久了，身材肥滿。見了天賜，他也不跪，只是看向一旁。

天賜便問他：「二十年前是你下命令派黑鴉隊毀滅各地的村莊，殺死全部少年的嗎？」

羌王看向天賜，笑了兩聲說：「看來你是當時的漏網之魚。是我疏忽了。」

天賜說：「不是你疏忽了，而是天命定了我今天要在這裡向你索命，你不就是害怕這一天所以才下了當時的命令嗎？」

羌王聽了不說話。天賜又問：「地魔是你召喚出來的嗎？」

羌王說：「那是克刻齊幹的，與我無關。黑鴉隊、地魔，全是他的主意。」

天賜聽了說：「克刻齊在哪？」

「幾天前他就跑了。他在東海沿岸造了一個宮殿，不知幹什麼用的，你感興趣可以去看看。」

天賜想已經沒話要和羌王說，就讓人把羌王帶下去砍了頭，把頭掛在城門上面。

接著天賜在大殿上對著各城來的將領讀了蔡軍師為他寫的登基宣言，說黑暗的時代已經過去，他奉天承命，將帶領大家開創光明的時代云云。然後是賞軍功，按各城將領所貢獻的兵力行賞，又授了爵位，分配了各地的土地。老錢、老蔡都成了大地主。又頒布了三條詔命，解散黑鴉隊，減少稅收，增加各地地方官的權力。正要結束的時候，有個侍衛拿著一樣東西過來，說是在羌王的臥房搜到的，看著很重要的樣子，想讓天賜過目。這是一個銅製的盒子，隱隱有黑氣從盒子裡冒出來。天賜接過打開，裡面是一卷書。天賜不懂書，便交給蔡軍師看，蔡洪看了大驚說：「這上面記著的一定是克刻齊所用的黑暗巫法，一看就十分邪惡。這本書一定要銷毀掉。」天賜便把書交給蔡洪處理。

眾人退去後，天賜正要去找間房間躺著休息一下，又有一個侍衛上前來報告。「羌王的女兒詠寧公主現在被囚在東廂房裡，還請陛下決定處置的方法。」

天賜聽了，下意識地朝左右看，想找蔡軍師問個意見。但蔡洪已經拿著剛才的盒子走出去了。他忽然覺得奇怪，心想這也算是一個大事，怎麼沒有任何人給過他建議，好像大家都故意視而不見似的。看來這個決定他只有自己判斷了。他讓報告的士兵帶路，來到詠寧公主所在的廂房。詠寧公主正坐在床上，穿著白藍粉三色的綢緞衣裙，見到天賜也沒有站起來。天賜走到她正面，見這位公主果然如傳說中所說貌美非常。天賜定了定神說：「你父親剛才已經被處死了。」

詠寧公主擡頭看了天賜一眼，又低頭說：「我心裡知道，父王這幾年作惡太多，有這樣的下場也是報應。但我畢竟是他女兒，有王的血脈，他被處死，我也就只有一個選擇，就是跟著他一起死。所以儘管下命令吧。」

天賜想了想說：「如果我不命令你死，你會怎麼做？」

「我不知道，反正我已生無可戀，就算活著也跟死了一樣。」

天賜說：「那你以後就繼續住在這王宮裡，生活上的一切都和以前一樣，只是不能離開王宮。」

說完天賜就轉身走出了廂房。

走回到大殿上，天賜看到豪凌和愛謝正站在柱子邊說話，便走過去，對他們說：「現在我當了王，這個王國裡的任何東西我都可以給你們。你們有什麼想要的嗎？儘管告訴我。」

兩人的反應並不是很熱烈，豪凌對著天花板看了一陣，「啊」了一聲，對天賜說：「想來我還是和以前一樣，只要有吃有喝就行。要不你就在這王宮外給我造個小房子，我住在裡面，也幫你看著王宮的入口，算繼續起點作用。不過，我哪天要是不樂意了，隨時可能走。」

天賜點頭說：「好，我會叫人辦。」然後看向愛謝。

「我就像以前說的，想看看中土的寶貝。所以你要是想給我什麼，不如就造個寶物庫，收集中土寶貝到這裡，再讓我無限制地在裡面研究。這樣我就很滿足了。」

天賜說：「好，我會照你說的辦。」

想了想又說：「我希望以後我們三人以後還能常常在一起吃飯。」

愛謝聽了笑了一聲。豪凌說：「隨便。你高興就好。」

接著的半個月在王宮裡休養，雖然沒有什麼動亂的報告傳來，但天賜始終感覺坐立不安。他心裡有什麼在躁動，讓他完全無法享受眼前王宮裡舒適的生活。這天晚上和豪凌、愛謝吃飯，他便對兩人說：「雖然現在除了羌王，天下太平，但我感覺我的事還沒有做完。」

豪凌說：「你現在是王，你想做什麼就去做，沒有人會攔你。」

天賜說：「那我們再一起出發，去找黑暗法師克刻齊。」

豪凌、愛謝表示同意。天賜已經收到關於克刻齊的城堡所在的確切位置的報告。第二天他就去找錢宰相，說自己要出發去找克刻齊，把治國的事務交託給他。因為不是攻城，也不需要士兵，天賜只要了一輛馬車，能帶他和豪凌、愛謝三人上路就行。

天賜和豪凌、愛謝上了馬車，一路往東，一個月後來到海邊。接著他們沿著海岸線走，到了一個地方，遠遠看見山崖上有一座城堡，充滿詭異的氣氛，不像是中原的建築。那就是克刻齊的城堡無疑。天賜和豪凌、愛謝下車往城堡步行過去。走到城堡門口時已經是黃昏時候，天上的濃雲密布，看不到夕陽，只是西邊的天空有些快要消失的光亮。城堡前面也沒有守衛，正門打開，天賜就帶著兩人走進去。

進去之後，只見空蕩蕩的大殿四壁點著火把，中間站著一個身影，有三人高，身體是一片黑霧，身上披著盔甲。天賜拔出神劍。這時只聽一個聲音說：「聽說你的神劍很久了，還沒親眼見過它是怎麼消滅我的寵物的。你面前的是地魔裡最強的黑魔，讓我看看你怎麼對付他。」

話一落音，地魔就張口朝天賜他們吐出藍色的火球。天賜用神劍擋住。在神劍張開的圓形結界裡，地魔的火球完全傷不到天賜他們。等火球停止，地魔準備衝上來用手腳攻擊時，天賜揮動神劍，劃出銀色劍氣，一下砍斷盔甲，砍下了地魔的一隻手。再使出崑崙劍法「飛燕」，交叉的劍氣飛出去，把地魔砍成了碎片。碎了一地的地魔變成黑煙消失了。剛才那個聲音說：「原來如此。好吧，我在後庭等你，你過來吧。」

天賜便帶著豪凌、愛謝往前走，從大殿後面的環形臺階的一頭上去，經過中間的門，來到一塊寬敞的地方，這看起來就是後院。這是一塊約三十步見方石頭鋪的空地，三面有欄杆，從正下方傳來的海浪聲可以判斷這是懸在山崖上的高臺。在最外面一邊有一個穿著黑袍的人影，頭蒙在頭罩裡，手裡拿著一根法杖。他身邊有一樣大約一人高的物件蓋在一塊布下面，不知是什麼。天賜便問他：「你可是克刻齊？」

這人笑了兩聲說：「好一個龍族的後人，預言中說的你都做了。可惜太晚了，邪王拉達的復活已經不可避免，這個世界很快就要陷入黑暗世紀，即使是龍族後人也無力回天了。」

天賜說：「邪王拉達在哪？」

「你知道他在哪也無濟於事，那個地方現在的你是去不了的。你就乖乖等著看他降臨這世上吧。」

天賜想了想又說：「教唆羌王組建黑鴉隊，毀滅各處村莊的可是你？」

克刻齊又笑了兩聲說：「我料到你今天一定要出手。但是就算你能輕鬆消滅黑魔，也未必一定能勝過我克刻齊。」

天賜拔出神劍。克刻齊把法杖往天上一舉，唸動咒語，一時間天上狂風大作，烏雲滾滾，電閃雷鳴，一股暴風雨襲來。天賜躲閃著閃電朝克刻齊撲上去，一劍往克刻齊砍下去，卻被克刻齊張起的結界擋住。接著克刻齊唸咒朝天賜射出雨點般的火球，天賜躲閃不及，被一個火球撞得往後飛去。接著又有碩大的冰錐朝天賜襲來，天賜拔金月劍用劍氣掃開。克刻齊又唸動咒語，飛轉的砂石、雷光、火球交雜著飛向天賜。天賜還是第一次迎擊這麼厲害的法師。混亂中他猛然想起崑崙劍法中他還沒領悟的一式「破亂」，便閉上眼，回想劍尊教過他的訣竅，憑著對氣的感覺，往前射出神劍。只聽咔嚓的一聲，神劍穿過障礙，直接擊中克刻齊的法杖，把法杖砍為兩半。電閃雷鳴和火球便霎時消停了。天賜運氣收回神劍。

克刻齊抱著雙手，好像自言自語地說：「原來如此，看起來龍族的後人拿到神劍和金月劍確實勢不可擋。看來走到這一步是無法避免了。」

天賜等著看克刻齊的動作，只見克刻齊一揮手，掀開了他身邊那個一人高的物體的布蓋。布蓋下面原來是一個人，一個女孩。天賜盯著這女孩，只覺得似曾相識，又見克刻齊拿掉她嘴裡塞著的布。

這女孩叫說：「天哥哥，是我啊，我是月兒！」

天賜聽了身體一震，片刻後才確切地把這女孩和十年前他在無名山村的那個童年玩伴聯繫起來。克刻齊站到月兒身後，陰笑了兩聲說：「看起來當時留下這小丫頭的命還是有用的。如何？龍族的後人？我現在一伸手就能要她的命，你是肯定救不了她的。要想她活命你就要乖乖聽我的。」

天賜說：「你想我怎樣？」

「把你的神劍和金月劍輕輕丟到我面前來，別耍花樣。」

天賜聽了靜止了一會兒沒有動。在後面的豪凌叫說：「天賜，你要想清楚，你要是沒有劍你就完了！」

天賜回頭看了豪凌一眼說：「如果我能打贏克刻齊，卻要犧牲這個無辜女孩的性命，我不贏也罷。」說著就把神劍和金月劍往克刻齊面前的地面上一扔。

克刻齊笑了兩聲，說：「好吧，既然你這麼看重這個小丫頭，我就把她還給你吧。」

說著解開月兒腳上的捆繩。一被放開，月兒就朝天賜奔過來，叫著：「天哥哥！」

見月兒迎到了面前，天賜正想抱住她，忽然感覺有異物刺進了他的身體。他低頭一看，月兒雙手握著一把匕首，匕首的刃已經在他的腹部裡。天賜往後退了一步，看向月兒說：「月兒，你怎麼？」

月兒握著滴著血的匕首，露出一個有人性的人不會有的冷漠的表情，說：「對不起，天哥哥，我已經投奔了黑暗。」

天賜怔著說不出話。克刻齊大笑了兩聲，說：「看吧，這就是為什麼聖王的後裔永遠無法勝過邪王。」說著他朝天舉起雙手，唸動咒語，一陣暴風就颳起來，把天賜吹離了地面。天賜跟著暴風旋轉，也不知道自己被吹向哪裡，只是耳邊一直迴響著克刻齊尖銳的獰笑。

2

田非把目光從電腦螢幕往上移，看了看面前的空間。他前面一張桌子他上回看時是坐著三個高中生模樣的男生，現在坐了兩位看似是母女的女性，年長女性正說著什麼，年輕女性不作聲地聽著。他現在在一個叫加奈都的商場地下一層的食閣。這個食閣不大，只有六七家料理店，中間圍著的座位區域能坐六、七十人左右。因為商場不在繁華的地段，這個食閣通常也沒有很多客人。田非中午來的時候這裡坐了大約一半的人，現在下午三點左右，只有稀稀落落十來人坐著。這些坐著的人大多也沒在吃飯，只是因為商場逛累了找個空位坐下歇歇腳。這裡也不會有人趕他們。有一位穿著黑色短袖衫，從棒球帽後面露出一束馬尾的女性，坐在最外沿的一個位子上，田非對著她看了一會兒。女性身邊有一個裝著東西的購物袋，看來這天她逛商場已經有了收穫。她背對著田非靜止地坐著，不知是不是在想要吃什麼。環繞座位的六七家料理店有做咖喱飯的，有做蕎麥麵的，有做油煎薄餅和冰淇淋的，有做中華料理的，還有一家麥當勞。這家中華料理有一道肉排麵還算特別，今天田非就是想吃這份麵才從從家裡走過來的。之後又想到可以吃完坐在食閣寫小說，他又把電腦帶上了。但是在吃飯的地方寫作，周圍的人要是太稀疏，總有一種讓人不自在的感覺。

田非拿出手機。打開LINE，最近的三個聊天紀錄都是群裡的，一個研究室的群，一個華人留學生的群，一個義工的群。過去這一週沒有人在LINE上給他發私人消息。第四個是小桃的消息，還是去逛祇園祭那天發的。田非回想那天小桃和簡洋走開後，一週裡他都沒有這兩人的消息，他沒在研究室見到簡洋，也沒從小桃那裡再收到什麼。田非想，這樣的情況如果他給小桃發個消息問一下應該不算失禮吧。於是他給小桃發了條消息：「嘿，最近過得可好？」發完他對著手機盯著看了半分鐘，意識到小桃不會這麼快回他，便收起手機，背上書包，準備在加奈都逛一逛。

加奈都的地下一層除了食閣還有一家食品超市和一家藥局。乘扶梯到一樓，這一層主要是賣服裝的，但也有一家自行車店和一家寵物店。田非走到寵物店那裡，對著關在小籠子裡的小貓小狗看了一會兒，只覺得小動物天真無邪地玩耍的樣子讓人羨慕。再上到二樓，這一層的商店種類比較多，有手機店、小物品店、唱片店、文具店、樂器店。到文具店轉了一圈，心想自己已經很少用筆寫字，這些精緻的筆和本子對他來說沒什麼用了，有點可惜。又走到唱片店去看看現在流行樂的排行榜，然後走到試聽的地方聽一下店家推薦的唱片。這天店家主推的是早安少女的一張精選集。正戴著耳機聽著的時候，田非褲袋裡震動了一下。他掏出手機，看到是小桃給他發了消息，有兩條。「還好。」「好久沒聊你的小說了，明天下午會去二條城附近一個地方打工，你要是有時間，在那之前一起喝個咖啡？」

田非把手機放回口袋，繼續聽早安少女的歌。聽完三首後，他才摘下耳機，掏出手機，回覆小桃說：「好啊。」

田非忽然又想起一件關於齊雯的事。大三的時候田非參加了學校裡的一個比較隱蔽的組織，名叫「進步會」，類似於某種讀書會。是一個朋友介紹田非加入的，那人是誰田非想不起來了，他聽這朋友介紹這讀書會，覺得應該只是聚在一起讀讀所謂的進步書籍。結果他參加了三四次後，讀書會的一個人就私下裡給他看了一些資料。這人帶了一本書給田非看，不讓他帶走，只讓他在他們聚集的那個小教室裡看。田非翻了翻，書名叫《中共高幹祕聞》，內容大致是寫一些有名頭的高官有多少祕密財產、有多少情婦什麼的。顯然這屬於不能公開傳播的禁書。下一次田非再來時，又有人給他帶了一本書，叫《六四真相》，也是禁書。這樣讓他看了幾本禁書後，類似於讀書會的首領的人找田非單獨談了一次話，大致是說他們這個讀書會是為了集聚一些有志之士，他們中也許有人將來能改變中國。又說希望田非為他們這個組織保守祕密。田非那時覺得能認識這樣一夥人他很榮幸，也很積極參加他們的活動，能出錢的地方他都大方地出。和這些人在一起他有一種參與幹大事業的興奮感。

然後有一天田非走在校園路上時，有人忽然喊住他，是齊雯。齊雯說她想和田非說兩句話，田非就說：「邊走邊說吧。」

「你現在是不是常常參加那個叫進步會辦的活動？」

「是啊。」

「我大概能明白你為什麼要加入他們，不過我想勸你冷靜一下想想他們到底是什麼人。所謂的進步，改變國家只是這些人的幌子，他們說穿了不過是一幫想用花言巧語騙小女生上床的無賴。等畢業的時候，你就看著，他們一個個還不是要拚命往機關、往國企鑽。但是你和他們不一樣。你有真心，但不應該用在這個地方。你現在只是在揮霍自己。」

田非對齊雯的話頗為不滿，說：「我是在揮霍自己，那又怎樣？我就是有得揮霍。你從什麼立場來指責我？」

齊雯說：「我相信我還是你的朋友。」

這段對話是怎麼結束的田非不記得了，總之後來他沒有聽齊雯的，還是繼續參加那個讀書會的活動。只是到了大四家裡出變故後，他和那個讀書會的聯繫自然地就消散了。原來齊雯還對他說過這樣的話。田非站在樂器店裡看著各種口琴，一邊想道。這樣的齊雯如果嫁人成為人妻，不知道會是什麼形象？這一想就想到了小桃。

第二天是個晴天。早上起來田非到鴨川跑了個步，回家看書到中午，簡單做了個炒飯，放了蛋和午餐肉，吃了睡了個午覺。他和小桃約了三點在二條城邊上一家咖啡廳見，所以他上了兩點二十的鬧鐘，起來後就出門，搭了往二條城的巴士。到咖啡廳時已經三點五分，但小桃還沒來，他就自己先坐下。這是一家只有大約十人的座位的小咖啡館，沒有印出來的菜單，提供的飲食都寫在牆上。喝的有咖啡、紅茶，吃的有吐司和羅宋湯，還有三種蛋糕。老闆娘是個五十歲上下的大嬸，客人除了田非還有穿著生意服的兩男一女，似乎是在談工作的事。小桃LINE上給他發了消息說錯過巴士，會晚到十分鐘。又過了幾分鐘，田非看見小桃進來，和她打了個招呼。小桃穿著一件藍底碎花的連衣裙，戴著一頂寬沿的遮陽帽。

「哈嘍，不好意思讓你久等了。」小桃笑著在田非對面坐下。

田非說：「好久不見。」

「是啊，又一週沒有見過了。這週我也是忙得一塌糊塗。」小桃看了看牆上的菜單，叫過老闆娘，點了咖啡和一款蛋糕，然後轉向田非說：「今天下午的打工是到朋友開的民宿去幫她澆水。只要今天去就可以了，不限定什麼時間，我空了一下午出來，可以和你好好喝個咖啡再去。」

田非問：「簡洋還好嗎？」

「對啊，上次在祇園祭他那樣走掉真的很失禮。我跟他一路走回家，他也沒跟我說話，到家就上床睡了。你們後來有繼續逛嗎？」

「你們走了以後，我和鍾喜又稍微逛了一下就各自回家了。沒什麼，簡洋沒事就好。」

小桃看向一邊說：「洋洋最近的狀態好像又更糟了一些，失眠很嚴重，每天差不多只睡兩三個小時。我就感覺到他一晚上在那裡翻來覆去的沒有睡。這兩天他說不想影響我的睡眠，晚上就躺在客廳的沙發上睡。我倒沒什麼，要是有辦法治好他現在的焦慮就好了。他有跟你說他學業上的問題嗎？」

「我好久沒和他聊過了。」

「一個月前他很高興地和我說他找到了明治時期一個日本作家和魯迅之間的關聯，說是大發現。但是上週他又很鬱悶地說他讀到一篇論文，原來這個關聯早已有人寫過了。我也不大懂你們做的研究，就是聽他這麼說，似乎這是他焦慮的一個原因。」

田非沉默不語。

小桃等了片刻看向田非，擺出笑容說：「不說這些煩心事了，還是聊你的小說吧。謝謝你這一週也一直把小說發給我看，讀你的小說是我現在僅有的休閒了。」

小桃說著拿起手機，大概是翻出田非發給他的小說文本，看了片刻後說：「所以從這一章開始出現做王這件事。之前的感覺還是武俠小說那種意思，從這裡開始感覺不大一樣了。你一開始就設計好要這麼寫的嗎？」

「對，一開始我就想好要讓主角有做王的經歷。」

「所以這可不可以看作是你自己的願望的投射？好像很多小說都是這樣的，主角就是作者理想的化身。可不可以說你本身在某種意義上想做王，所以在小說裡讓主角幫你實現這個願望？」

田非搖頭說：「我這篇小說不是這樣的。這個主角並不是我的理想的化身。雖然故事是我想象出來的，但我試圖寫的是這個世界可能有的，或者說應該有事，而不是我自己希望發生的事。人的思想應該能做到這一點。我想了這事，並不意味這事是我想去做的。我寫了這人，但這人不是我，也不是我的理想。」

「如果不是你，也不是你的理想，你為什麼要寫他？」

「我想通過寫這樣的人來思考自己怎樣在有這樣的人的世界上生存這個問題。」

「你的意思是說你的立場其實和你這個主角是對立的？」

「不算對立，算是平行吧。」

小桃看著田非靜止了片刻，笑說：「我沒怎麼看過武俠類的書，只是小時候看過一些金庸的小說改編的電視劇，不過要讓我說的話，我覺得既然是想象的世界，你想寫什麼就寫什麼，為什麼不放縱一點，寫些讓你自己覺得爽的，像別的武俠小說那樣？」

「這是個好問題。其實在我的設定裡這篇小說不算是武俠，可以算是仙俠吧。」

「什麼是仙俠？」

田非便和小桃聊了一通他接觸過的動漫遊戲作品，《仙劍奇俠傳》、《勇者鬥惡龍》什麼的。不知不覺就聊了兩個小時。停下來時看窗外，外面已經是黃昏的景色，街上店鋪的燈已經亮起來了。小桃臉上是盡興的表情，沉默了片刻，她看向田非說：「對了，上次你那位朋友，叫鍾喜對吧，她說她也看你的小說，你有給她看你這篇《神劍傳奇》嗎？」

「沒有，我只給她看了一些舊作。現在在寫的這篇只有你看過。」

小桃笑起來說：「太好了。我還挺在乎你的第一讀者這個身份的。」

從咖啡屋出來，小桃問田非：「那你就回家了？」

田非想了一下說：「你現在去打工？」

小桃說：「是啊，忽然有一種很冷清的感覺。」

「是什麼樣的打工？」

「是之前上一個日語補習班認識的一個臺灣姑娘，她和朋友在前面買了一套房子做民宿，本來是她在管的，但兩星期前她家裡有事回臺灣去了。她那個民宿裡有個院子有種樹的，需要每天澆水，她走之前就拜託我每天去幫她澆水。」

「這樣啊。她有給你工資嗎？」

「有的。那個澆水不是那麼容易的。那個院子挺大的，每個角落都要均勻地澆到，一次做下來也得花半個小時。」

田非想了想說：「現在民宿裡有人住嗎？」

「沒有。」

「那我去參觀一下應該沒問題吧。」

小桃眼睛一亮說：「對啊，你可以和我一起去。那裡還挺值得一看的，如果你對民宿感興趣的話。」

小桃拿出手機來找路。田非跟著小桃走，走了大約十分鐘，停在一棟民房前面。「這就是所謂的町屋，以後你說不定能寫在你的小說裡。」小桃掏鑰匙開門說。

從正面看，這棟木造的房子有兩層，上下層沿街都有黑瓦的屋檐，上層比下層更往裡面縮進，形成上小下大的樣式。拉門進去，裡面是一個昏暗的前廳，兩旁有通道通向廂房，迎著門的是通向後院的拉門。可以看出房子是最近翻修過的，門樑、牆壁都很新，但一側有一樣很舊的傢俱，看起來有幾十年歷史的抽屜櫃。小桃見田非在看那傢俱，便說：「這是他們買下這房子時就有的老傢俱，他們故意沒扔掉，想保留一點古舊的氣氛。」

田非說：「很好的創意。」

兩人拉開門走進後院，這個院子十米見方，中間是一片綠地，種著一棵大約是櫻樹的綠葉樹，還有一些灌木，綠地周圍是小石子鋪的地面。「這就是我要澆的院子了。我去那邊拿水管。」小桃說著往前走去。田非站在原地不動。

這時候天色已經很暗，院子上方的天空已經顯出深藍色，還亮著幾顆星星。在昏暗的暮色中，院子裡的景色顯得很模糊，樹、灌木、石子地、小桃的身影，都彷彿混在一片灰黑色裡。小桃牽過水管，打開閥門，用水管中沖出來的水澆著草地。兩人都沉默了一會兒。田非覺得該找點話說，便說：「你和這臺灣的朋友認識多久了？她還真信任你，就這樣把房子的鑰匙交給你。」

小桃笑了一聲說：「其實也就認識兩三個月。可能我長得比較讓人放心？」

又沉默了一會兒，這回小桃先開口說：「我和你認識多久了？有三四年了吧？」

「差不多。」

「想來也挺不可思議的，以前沒想到要來日本，結果就這樣來了，認識了各種各樣的人，包括你。想到你的時候，有時我會想，要是我沒和簡洋結婚，現在還是單身，不知道會怎樣。但又一想，如果我沒和簡洋結婚，就不會到日本來，也不會認識你。就覺得上天挺作弄人的。」

小桃說著話的過程中，大概為了「均勻地澆每個角落」，在院子裡小步移動著。一開始她站在一側牆邊，說到這話的時候，她已經站到了田非面前，面朝著櫻樹，背對著田非。兩人這時的距離，彷彿田非一伸手就能抓到小桃。田非忽然有一種異常的感覺，好像空間的性質發生了變化，本來小桃和院子裡的風景是一體的，交融在一片灰暗的混沌裡，但這時好像單單小桃的身體從這片混沌中突兀出來，成為一個獨立的存在。田非得到一個強烈的信息：小桃的身體就在這裡，就在此時此地。這個信息讓田非的心跳驟然加快。他產生了一個強烈的衝動，同時本能地用全身的力量克制自己。他幾乎感覺自己的手已經擡起來了。但在他的動作完成之前，小桃回過頭來看他。小桃看了他一眼，立即又把目光移向一邊，說：「這麼暗，還是開燈比較好。」說著她把水管放下，走到一側屋檐下，按了開關開了燈。一左一右安在屋檐下的燈照亮了院子。小桃撿起水管接著澆水。那個從田非身體裡出來的意念，往前飛出去，沒有再回來，不知消失到了什麼地方。他看著院子中間被橙黃色燈光照著的櫻樹，只覺得很詭異。

這之後兩人淡淡地又聊了一些話，再聽小桃說話，田非只覺得像是從牆壁反彈回來的聲音一般空洞，感覺不到意思。從民宿出來，田非問小桃是不是回家，小桃說是，要回去給簡洋做飯。問田非，田非說他去街上找點吃的。在巴士站看著小桃上車後，田非就在街上隨便逛了逛。是晚飯時間，但他沒什麼食欲。他看中了路邊一家居酒屋進去，點了一小瓶清酒，一盤刺身，吃喝過後就自己回家了。

第九章

1

接下來這段經歷是後來天賜從豪凌和愛謝口中聽說的。那晚天賜被克刻齊使出的暴風吹飛了之後，愛謝和豪凌本是想衝上去和克刻齊搏鬥一番，但敵不過克刻齊的法術，只得從城堡退了出來。他們看到天賜是被吹出露臺的圍欄之外，而露臺下面就是海，所以他們出了城堡之後，就沿著那山崖下的海岸找了兩三天。但他們沒找到天賜，豪凌也聞不到天賜的氣味。此時對於愛謝和豪凌來說，找到天賜的下落，確定他們這個朋友的生死是最首要的，至於新建立的大炎國國君不見了會怎樣，倒不在他們的操心之內。他們回到王都，向宰相和軍師大致說明了天賜的情況後，就立即又出發，開始了尋找天賜的旅程。他們沿著東海海岸，從北邊一直找到南邊，一村一村地探訪，找了大約有半年，但完全沒有發現天賜的蹤跡。直到這一天，他們來到中土東南邊叫山越的荒蠻之地，正沿著海岸走著的時候，豪凌忽然捕捉到了天賜的氣味。兩人就跟著氣味走，走進一個小漁村，在一棟草房後面停下來。這棟草房的後面是一片田地，一個二十來歲的青年，穿著農家常穿的背心短褲，正彎著腰在那裡刨地。雖然有點不敢相信，但這相貌，這氣味，是天賜無疑。兩人就同時叫道：「天賜！」天賜聽了直起身子看他們，茫然的神色好像不認識他們一般。

話說天賜正在這裡刨地，見這一男一女站在他面前叫他的名字，費了一會兒才認出這是他之前的朋友，豪凌和愛謝。但他沒有什麼想對他們說的，便接著揮起鋤頭刨地。豪凌問：「天賜，你在幹什麼？」

天賜說：「就像你們看到的，我在種地。」

豪凌說：「你怎麼能在這裡種地呢？不是還有大事在等著你去做嗎？」

正說著時，一個大叔，看起來有五十來歲，頭髮灰白，穿著農衣，出現在豪凌他們後面。豪凌他們見天賜看他，也轉頭去看，只見這大叔問天賜：「認識的人？」

天賜回答：「我朋友，沒事的。」

這大叔就沒表情地走開了。

豪凌問天賜：「他是這村子的人？」

「對，我現在住在他家。」天賜想了片刻，放下鋤頭，帶兩個朋友往海灘走。穿過只有十來戶人家的村子，到了海灘，他在一片亂石上坐下來，把他的經歷對豪凌他們說了。那天他被吹下山崖，在海水裡面漂著，意識模糊，只感覺被一個人從水裡打撈起來。原來是一個在那附近捕魚的漁夫救了他，也就是剛才他們看到的大叔。這大叔把天賜帶回他的村莊，天賜傷養好了，精神恢復後，就在這裡幫他做做農活。

豪凌說：「所以你是什麼意思？想作為一個漁民在這個村子生活下來嗎？」

「有什麼不好嗎？」

「有什麼不好？你的大炎國呢？克刻齊呢？邪王呢？你就這樣放下這些事不管了嗎？」

天賜對著海浪看了一會兒說：「我已經盡力了。你們還指望我做什麼？我把神劍丟了。沒有神劍，我連克刻齊都打不過，更別說去消滅邪王了。」

豪凌聽了大約是沒找到勸解的話，沉默起來。這時愛謝說：「神劍丟了，就再去找神要一把啊。」

天賜看向愛謝，驚訝地說：「再去找神要一把？」

「不是傳說神劍是創世神賜給龍族，用來消滅邪王的嗎？現在又是同樣的情況，你是龍族後人，對手是邪王，為什麼不能去找創世神再要一把？」

天賜愣了片刻說：「那只是個傳說吧？我在這世上從沒聽說還有誰見過神的。這個神要到哪裡去找？」

愛謝說：「你要去找相信總會有辦法的。你要是想在這小漁村虛度一生，那就真的完了。」

天賜又看向海浪，想了一陣說：「讓我考慮兩天。」

於是接著的兩三天豪凌和愛謝就和天賜一起住在那個漁夫家中。天賜並不和他們交談，只是埋頭種地、補網。豪凌和愛謝只好自己去海灘上玩耍打發時間。收留天賜的漁夫對豪凌、愛謝很冷淡，雖然也把食物分給他們吃，但不對他們說一句話，看他們的眼神也透出嫌惡。天賜本來以為這人只是對自己冷淡，現在看來這個人對別人的態度一向是如此。第二天晚上天黑後，大家都睡了，天賜走到這漁夫的地鋪邊上坐下，說：「大叔，在你這裡讓你照顧了半年，你還沒告訴過我你的名字。」

漁夫還沒睡，靜止了片刻後說：「我姓度。」

天賜聽了，感覺印象裡好像在哪裡聽到過這個姓，但確切是哪裡他想了一會兒也沒想起來。他便把這事先放一邊說：「大叔，我可能要去幹一件大事。這件事牽連到很多人的性命。這事不是我想做的，但是看起來我不得不去做，因為如果我不去做，這世上就沒人能做這事了。」

漁夫說：「你想去就去，不用廢話。」

天賜又說：「如果我去了，大概以後都不會回到這裡了。」

漁夫說：「隨便你。」

說完翻了一個身，似乎是不想再和天賜說話了。天賜便回到自己的地鋪上躺下睡了。

第二天起來時漁夫已經出門去了，天賜走到屋子外面，看見豪凌和愛謝靠著牆坐著，便對他們說：「走吧，我們去找神要神劍。」

豪凌和愛謝神情振奮地站起來。豪凌說：「要怎麼開始找？」

天賜說：「直接去找創世神恐怕很難。我想先去找龍族的人。」

愛謝說：「但龍族好像消失蹤跡也很久了。」

「傳說中龍族最後出現的地方是天山，我想從那個地方找起。如果我是龍族的後人，相信有什麼最終能讓我找到他們。」

「那我們就往北走？」

「對。」

於是三人就從那裡出發，沿著出村的小路往前走。他們計劃走到一個城鎮後，在那裡租個馬車。愛謝的箱子裡裝著充足的旅費。他們走了兩天，視野裡出現一座城池，大約是柴桑城。遠遠地他們就看見城下一片騷亂。稍微靠近一點，他們看到是一支軍隊在攻城，步兵推著衝車，搭著雲梯，想要奪取城池。城上的弓箭手反擊，箭如雨下，阻擋著步兵的攻勢。天賜他們在一百步之外一片小樹林裡看著這情形，天賜忽然注意到有個背著籮筐，大約是行商人的男人也站在小樹林裡望著城的方向。

天賜便過去和他搭話，問說：「我們是鄉下人不懂，這是什麼軍隊在攻這柴桑城啊？」

「你看到那攻城的軍隊的軍旗沒有？上面寫著『遼』字，就是遼王的兵啊。」

「什麼遼王？」

「也不怪你不知道，這遼盛稱王也就是上個月的事。他本是山越一帶的城主，是大炎國王天賜把地封給他的。自從半年前天賜忽然消失之後，中原各地的城主紛紛自立為王，遼盛也只是跟風罷了。哎，還以為這天賜做王能保一段時間天下太平，沒想到這麼快又亂起來。」

天賜說：「我們本來想進去城裡租個馬車的，現在看起來也進不了城了。」

行商人說：「等等吧，估計到了日落時這城就攻下來了。要不然你們就要走到下一座城江夏去。這路可不好走，要不要從我這裡買些東西帶上路？」

天賜轉頭看了看豪凌、愛謝，他們就一起看了看行商人從籮筐裡拿出來的東西，買了幾塊餅，天賜要了一把青銅短劍。

走到一旁，天賜對豪凌、愛謝說：「這個遼盛我有點印象，那天攻佔晉陽，我確實是把地封給他了。但我現在恐怕不要在他面前出現為妙。他自封為王，那就是造反了，相信是不想見到我的。我現在沒有神劍，沒有金月劍，也沒有能力來壓制他的部隊。」

天賜說關於這些自立為王的城主，沒拿到神劍之前他也做不了什麼，現在還是隱匿身份，先把神劍找來再說。三人尋思即使天黑前這座城被攻下來，一時間的警備也會很緊，天賜要隱瞞身份做事恐怕不容易。所以他們決定直接去下一座城江夏。

天賜這時意識到中原這時真是兵荒馬亂，只是從柴桑走到江夏的這十天的路上，他們就遇到了兩支正在行軍的軍隊。走到江夏城時，他們發現無法進城，因為江夏城正處在防禦的狀態，城門緊閉，城外看不到一個人，看起來很快就會有軍隊打來。天賜想這些都只有等他找到神劍再來收拾了。他們繼續走，終於在一個比較大的村鎮上租到了一輛馬車。馬車走小路，繞開了那些大城和軍隊，用了大約三個月的時間把他們送到了天山腳下。自從進入北域後，路上看到的景色就一直是青一塊、灰一塊荒原。他們下車的地方是一座大約有一百來戶人家的小鎮。小鎮背對著的大約就是天山，高聳的山脈遮蔽了半個天空。趕馬車的師傅說這裡是車路能到的最北邊了。

小鎮上有客棧有酒館，天賜他們在客棧訂了個房間，放下行李，馬上就到酒館裡打聽情報。一開始他們也不知道要打聽什麼，只問酒館老闆有沒有關於龍族的情報，什麼都可以。酒館老闆說他們這裡關於龍族的情報很少，但好像北邊山裡有個村子，村裡有龍王廟，說不定和龍族有什麼關聯。天賜就問去這個村子怎麼走。老闆說他也不知道，但是小鎮上有個大臉李，是從那個村子來的。天賜問這個大臉李在哪能找到，老闆說此人遊手好閒行蹤不定，但每月三十的傍晚他一定會來這裡喝酒。三天後的傍晚來，一定能見到他。天賜他們聽了只得回客棧等候。閒度了三天，他們在鎮上瞎逛，發現這個鎮子的商業很發達，彷彿是西邊和北邊生態的一個交匯點，西域北域的產品都有小店在賣。到了第三天三十的傍晚，天賜他們來到酒館，這個大臉李已經來了，他們在老闆的指示下認出了這人，上前和他攀談。一聽說是關於他老家村子的事，大臉李立刻沒好氣的樣子，不想和天賜多說。天賜拿了一塊銀子給他，又說如果把他們帶到他的村子，會再給他另一塊銀子，大臉李才好說話起來。「我只把你們帶到村口，其他的我可不管哦。」

第二天一早他們和大臉李一起出發，沿著山道往北走。正午過後不久他們來到一個山谷中的小村落前，大臉李說就是這裡，那個門樑上掛著一面銅鏡的就是村長家，其他他不知道了。從天賜那裡接過一塊銀子後他就返回原路走了。天賜他們便去敲村長的門。村長是一個七、八十歲頭髮花白的老人，天賜說他們想拜訪一下龍王廟，村長問他們的意圖，天賜說他在找龍族後人，希望能從龍王廟得到一些線索。村長聽了似乎也不多疑，就帶著他們往村外走。龍王廟只是在村外不遠的地方，是一個小神廟，中間供著一尊青銅做的龍王像，盤捲起來蛇形的身子伸出四隻腳。天賜盯著這龍王像看了一會兒，豪凌和愛謝則盯著天賜看他的反應，但天賜絲毫沒有感到自己裡面有什麼共鳴。村長說：「這是給我們降雨的西域龍王，你們從中土來，可能這不是你們在找的龍王吧。」

這時天色將晚，天賜也無意回去鎮上，便問村長有沒有地方讓他們借宿一宿。村長想了想說，有個女人龔氏家裡有兩間房，她男人去鎮上謀生了，因此一間房空著，如果天賜去找她說說，或許能讓他們在那裡過一晚。回到村子裡，天賜他們就去找這個龔氏。敲門後，女人來給他們開了門。這女人背著一個大約一兩歲大的嬰孩。天賜跟她一說，答應付她一點錢，龔氏就讓天賜他們住下了。這間房大小剛夠天賜三人躺開來睡覺的。晚上龔氏做了飯菜請他們吃，一起吃飯的時候龔氏向他們訴說她男人如何狠心，丟下她和剛一歲的孩子自己跑去外面。

天賜問：「你男人可是有個外號叫大臉李？」

龔氏說：「你怎麼知道？」

「在鎮上有見過他。」

「他現在過得怎樣？身體健康嗎？」

「看著還不錯，挺有精神的。我只見過他一次，也不知道他現在在幹什麼。」

如此談了一陣，吃晚飯收拾了碗筷，大家就回房間睡覺。半夜裡嬰孩哭泣，把天賜吵醒了兩次。

第二天起來，天賜決定再去那個龍王廟一次，看看能不能有什麼新發現。但他把龍王廟前前後後翻了一遍，沒看到什麼有用的東西。晚上他們還是住在那個龔氏家裡。第三天他們去附近山裡轉了轉，毫無收穫，傍晚又回到龔氏家裡。出乎意料，有個人在龔氏家裡等著他們。這是一個二十來歲的青年，裹著一件披風，頭上纏著頭布，見到天賜就對他說：「你們在找龍族的後人？」

天賜說：「對。」

「你們的目的是什麼？」

「我們有一個關於龍族的重要信息，一定要傳達給龍族的後人。」

「什麼信息？」

「我只能對龍族的後人說。」

年輕人沉默了一下，說：「今晚你們休息一下，準備一點路上的食物，我們明早出發。」說著他就走出門去了。

第二天一早起來，天賜三人走出門外，看到那青年已經在外面等他們了。年輕人牽著一匹駱駝，見到天賜他們出來，說了一聲「走吧」，就轉身走了。天賜他們只得跟上去。他們出村往西面走，一路上青年也不和他們說話，只是牽著駱駝悶頭走路，因此天賜他們也不知道青年是帶他們去哪裡，是不是去見龍族的人。天賜只是想，既然沒有更好的線索，姑且跟著去看看。他們走了四天，到了第四天將近傍晚的時候，他們走近了一棟人工建築。這建在荒原中的建築原來應該是一座兩層高的宮殿，但是不知被什麼破壞過，已經殘缺不堪，柱子、牆壁都不完整了，只能說是一個廢墟。青年把天賜他們帶到宮殿門前，用不知什麼語言朝裡面喊了一聲，一會兒後走出來一個老人，看起來有七十歲以上了。老人也裹著披風，頭髮花白，和青年站在那裡談了幾句話後，朝天賜走過來。

老人用凝重的眼神盯著天賜看了一會兒，說道：「你應該有證明你身世的一塊玉吧。」

天賜聽了一驚，意識到這是認識他的人，便從隨身口袋裡掏出那塊玲瓏玉遞給老人。老人接過玉一看，便閉上眼睛。看他雙眉緊鎖，好像在克制什麼感情。接著老人把玉還給天賜，對他說：「你跟我來。」

說著轉身往廢墟裡走。那個青年並不動彈。天賜示意豪凌、愛謝留在原地，跟著老人從門口進去，從地面上一個入口下了臺階。這裡有個地下室，四周牆上掛著的火把照亮了室內，天賜看到前面牆角有一個水池。老人把天賜領到水池邊，對他說：「把手伸進水裡。」

天賜就照做，把手伸進水池，讓水沒到他的上臂。忽然間他感到浸在水裡的手臂發熱起來，他還沒反應過來，只見黑色的鱗片從他手臂上長了出來。這時老人「啊」的驚叫一聲，猛地跪在天賜面前，叫道：「少主人，你終於來了！」

天賜聽了看向老人說：「你是什麼人？和龍族是什麼關係？」

老人說：「我們薩那一族自古以來一直是龍族的侍從。我又是本族中和龍族最親近的，曾經在龍王巴托和哈塞爾公主身邊服侍。你應該沒有記憶，但你還是個小嬰孩的時候，我還曾經抱過你。」

天賜用了一會兒才明白老人的話的意思，問說：「我母親現在還在世上嗎？」

老人說：「她還活著。」

「那麼當初把我送到那個無名村莊的目的是什麼？和邪王拉達有關嗎？」

老人說：「這些就讓哈塞爾公主自己回答你吧。」

天賜說：「你要帶我去見我母親嗎？」

老人說：「你跟我來。」說著起身，往地下室的另一頭走去。天賜跟著他從一個地面上的階梯又往下走進更深的一個地下室，這個地下室的中間立著兩根一人高的柱子，在柱子之間有由紫色的光構成的一面牆似的東西。

老人說：「這道傳送門能帶你去龍族的居住地。只有龍族的人能進這道門。」

天賜也來不及做更多心理準備，對老人說：「我外面的兩個朋友豪凌和愛謝麻煩你照顧他們一下。」

老人答應後，天賜就上前往那紫光裡邁步進去。

2

田非在家寫到這裡，忽然聽到窗外傳來敲鐘的聲音。這聲音他並不陌生，本來不需要太在意，但他這時忽然想看看窗外，便打開窗，往鐘聲傳來的方向看過去。果然，窗下是一前一後兩個穿著袈裟、戴著斗笠的和尚，一邊走一邊敲著手裡的鐘。田非把身子探出陽臺，對著這兩個和尚看了一會兒，看他們從西邊走到東大路的路口，往右一拐不見了身影。他忽然想到不知什麼時候讀到的兩個和尚的寓言故事，老和尚和小和尚走在路上，一個美女走過，老和尚轉頭對著美女看了一會兒。接著走了一段，小和尚心中不解，問老和尚：「您不是說色即是空嗎，為什麼剛才要對著那個美女看呢？」老和尚說：「你為何對這事念念不忘呢？我眼睛看了，心裡沒看，你眼睛沒看，心裡卻看了。」

田非回到電腦前，發了一會兒呆，決定今天就寫到這裡，便把電腦合上了。看桌上的鬧鐘，剛過十點。他決定去爬個山，便換了衣服，下樓到停車棚牽出腳踏車，往大文字山的方向去了。這天是個晴天，八月的氣溫還是很高，因此山道上沒什麼人。田非一路爬到大文字的地方，只路過了一對老年夫婦。在大文字橫槓的地方坐下，他對著山下的風景望了一會兒，放空了心情，然後拿出手機來看。有三天沒有人給他發過微信或者LINE了。最近的一條消息是三天前表妹雅雯發給他的，說收到了他寄過去的護手霜，很感激什麼的，但沒提要把錢打給他。正在往回翻聊天紀錄的時候，LINE上一條新消息進來。是陳有道發給他的。

「田非，在哪裡？晚上要是有空一起吃個飯聚一下？」

田非對著這消息看了幾秒鐘，心想這個陳有道多半是工作的事定下來了。他回覆說：「我在大文字山上呢。可以啊。今天三條不是有那個語言交流的聚會嗎？要不一起去？」

一會兒後陳有道回覆：「好啊。我也差不多一年沒去過那個聚會了。我們早點到，先聊聊？」

田非回了一個「好啊」的表情圖。

下山回家做了午飯吃，接著看書看到將近約好的時間，田非就出門去三條。從京阪三條站出來，從出站口一旁的樓梯上到二樓，進了那家酒吧。離語言交流聚會開始還有一段時間，參加聚會的人還沒來，酒吧裡只有三四個人。陳有道已經來了，在小廳裡坐在一張桌旁邊，桌上擺著一個直筒玻璃酒杯。田非過去湊近他的杯子看了看說：「這是什麼？」

穿著黃色馬球衫的陳有道說：「熱帶陽光。菠蘿汁加琴酒。」

「好名字。」

說著田非走到吧檯邊點了番茄汁加伏特加，拿回來放在同一張桌子上。他坐下後陳有道便說：「我收到奧爾堡大學的聘書了。」

田非拿起杯子跟他碰了杯說：「恭喜你。」又說：「什麼時候動身？」

「我跟他們說了十月初去報到。」

「那很快了啊。」

陳有道看向一旁說：「其實前天我還收到另一份聘書，是國內一個大學發給我的。是挺有名的一所大學，在江蘇，他們開出的條件也很不錯，工資加上各種獎勵超過奧爾堡大學開出的。」

田非笑說：「那說明你有實力啊。」

陳有道說：「田非，如果是你，你會選去哪裡？去丹麥還是回國？」

田非想了想說：「我大概會回國吧。本來就是因為國外條件好才想留在國外的，如果國內能開出更好的條件，為何不回國？」

陳有道搖頭說：「這個東西不是一年差幾萬的收入這麼簡單的。現在他們在談的這個所謂的祖國，真是一個邪門的東西。我就說我身邊看到的例子，凡是被這個祖國吸進去的，個個彷彿喪失了心智一般，開始說一些莫名其妙的怪話。你我能做的就是遠遠地避開這個東西。以我對你的瞭解，你剛才說會選回國絕不是真心話。你跟那片土地根本不能融合。」

田非笑了兩聲說：「被看出來了？既然知道又何必問我這個問題？」陳有道說：「我還不知道這其中到底是什麼機巧，也不敢說輪到自己時自己能完全免疫。要是哪一天我也中招了，被拉進去了，你就為我祈福吧。」

說著的時候參加語言聚會的人陸陸續續來了，組織者也來了，田非兩人過去交了參加費，貼了標籤在衣服上，還是回到原來的座位。有三個人加入了他們，一個瑞士男生，一個澳洲女生，一個日本女生。一輪自我介紹後幾個人就隨意聊起來。

「所以你在日本幹嘛？」

「我在這兒做一年的交換生。」

「你的日語不錯，以前就學過嗎？」

「學過一點。我看了很多日本動畫。」

「哦？什麼樣的動畫？」

那個日本女生說了自己的名字後，一直保持沉默聽著另外幾人說，田非問她時她才開始說話。

「我在一家製造業的公司當文員。最近這個行業不大景氣，公司業務少，我活也比較少，幾乎不加班。晚上下班會和同事去唱歌。沒有活動的時候就自己回家做飯吃，看電視。田桑晚上會出來玩嗎？」

田非感覺到這個叫麻理的女生不知為何似乎只想和他說話，便也放下其他三人不管，只和她說起來。將近一小時過去，田非問她下週末有沒有興趣一起出去玩，麻理露出抱歉的表情說不行。

「下週是盂蘭盆節，我要回老家和父母一起過。」

「你剛才不是說你家在京都嗎？」

「是在京都，不過是在北邊，靠著日本海。」

田非掏出手機打開谷歌地圖，讓麻理指給他看。

「就是這裡，這個叫宮津的小鎮。從我家走一分鐘就能到海邊。」

這時田非腦中忽然浮現起一幕陰鬱的日本海的景象。他呆了幾秒鐘說：「要不那時我到這裡找你玩？我挺想看看日本海的，好久沒看到了。」

麻理笑說：「好啊。你要是來我帶你到當地的景點轉轉。」兩人就交換了LINE。

下半場田非和陳有道去了不同的桌子。田非這一桌都是老外，沒有一個日本人，但是有兩人在日本待了很久，一個待了二十年，一個待了十幾年，很熟悉日本的文化。田非跟他們聊日本的歷史、地理，不知不覺就過了一小時。這中間田非朝陳有道的桌子瞄了一眼，看到陳有道在和一個長得挺好看的應該是日本人的女生談得很投入的樣子。聚會結束的時候，人流開始向出口湧動，田非看向陳有道，他還在和那個妹子說話，似乎完全沒注意到周圍的情況。田非隔著人群看了他們一會兒，感覺這兩人可能要有事，想了想，一個人跟著退場的人群往門外走出去了。

田非到三條河原町路口的一家小店吃了一份拉麵就坐車回家了。到家剛換了衣服，手機震了一下，拿起來一看，是陳有道的消息。

「你怎麼沒叫我一聲就走了？不是說一起吃飯嗎？」

田非愣了愣，回說：「你沒和聚會上那個小妹妹去吃飯嗎？」

「是啊，我是和她一起去吃飯了，本來想和你三人一起的。」

「哈哈，你就和她好好玩玩吧，別叫我了。」

「玩什麼？請她吃完飯她就走了。」

田非看著手機螢幕感到一陣迷惑，想了一會兒想不到回覆的話，只回：「是嗎？」

「我再過一個多月就走了，你指望我做什麼？」

「就是因為快走了，所以更應該留點紀念啊。」

「哈哈哈，你把我當成你自己了嗎？我怎麼能做那種害人的事？」過了一會兒又發說：「這一頓改天再和你吃。我走之前要再聚一次。」

「好。」

交換消息完畢，田非把手機往桌上一放，躺到床上。他心裡笑了一聲，心想，真不知道這個陳有道原來是個老實人。

田非和這個陳有道算不上很熟，其實不過一起吃過幾次飯罷了。不知道陳有道對他的印象怎樣，田非是覺得這個陳有道沒什麼情趣，一起吃飯時說的幾乎都是研究的事，很少說他的生活，從不提異性關係。田非有幾次約他去看電影，去看美術展，他都沒什麼興趣的樣子。但後面一兩年裡，田非好幾次看到他和女生有說有笑地在一起，走在校園路上或者在食堂吃飯，每次的女生都不一樣，但都是可愛的類型，便判斷到這個陳有道其實也是會玩的。剛才在酒吧看到陳有道和那個女生聊天的氣氛，他是看準了兩人要有事。沒想到居然沒事，如果陳有道沒騙他的話。也許他們吃飯的時候發生了什麼變故。也許那個女生只是想騙陳有道請她吃頓飯，田非是知道京都有這樣的女生。當然也可能是陳有道真是個老實人。不管是哪種情況，這不是田非需要萬分關心的事情。

眼看著一週就要過去了。週四晚上，田非接到他父親的一個微信語音通話。田非兩三個月才會和他父親通話一次。這次他父親慎重地先發了消息，約了通話的時間，然後才按時間打過來。他父親說他的工作可能會有變動。

「你也知道我之所以進這家公司是因為老總是我多年的好朋友。我這個人不喜歡被別人指揮做事，但當這個人的手下我是可以的。現在他要調去洛杉磯的支部，不能帶我去。準備要來的新的總經理據說是一個刁鑽的女人，不像是我能接受的上司。所以我最近又想出來自己幹。你不用太擔心，這個異動要到年底才會發生，我要出來也得等到那之後。就算我出來單幹，你需要的學費、生活費我還是有準備的。你是明年三月畢業對吧？」

「沒差錯的話是這樣。老師已經給我介紹了一份工作，要是順利，我應該從三月開始就能有工資拿了。」

「你這樣挺好的，做點自己喜歡的事，不需要賺多少錢，能養活自己就知足。你老爸我是勞碌命，不折騰不行。」

週五晚上田非和麻理發消息聯繫，田非說他早上出發，大概中午的時候會到宮津，麻理便說到時去車站等他。田非的路線是從谷歌地圖上查的，要從京都站坐往西北方向開的天橋立線。第二天早上起來，寫了差不多半小時小說，田非就換上了衣服出門。從京都站坐上電車後，車一直在山裡開，直到快到宮津了，才看到前面有一片海景。出了站後，田非還在望著海景，只聽一人叫他說：「田桑！」他才轉過頭去，看到麻理從小廣場一頭走過來。

麻理穿著一件白底上印著英文字樣的短袖，和一條褲沿到膝蓋的牛仔布半長褲。

田非說：「不好意思讓你久等了。」

「不會。我剛才在這裡遇到一個初中同學，跟他聊了一會兒，他剛走。」

「麻理的初中是在宮津上的嗎？」

「是啊。我一直到上大學時才離開這裡。我的同學本來都去別的地方了，也都是因為盂蘭盆節回來的。」

「原來如此。」

田非轉身四下看了看這個小鎮，麻理忽然說：「啊，田桑的背包和我的背包是一個款式呢。」田非這才注意到麻理背了一個奶油色的雙肩背背包，和他背的款式一模一樣。他的這個是半年前自己在無印良品買的。

麻理露出有點為難的表情，說：「糟了，這樣被人看到該不會引起什麼誤會吧。」

田非一想說：「那我們往人少的地方走吧。」

「好主意！」

田非和麻理在沿海的堤防上走了半小時，中間穿過一個小公園。麻理和他聊的還是延續聚會上聊的內容，說她在公司裡的經歷。「所以我們課長就這樣叫我做這個做那個，我表面上乖乖做了，心裡其實很討厭。但我這樣的人心裡討厭也不會說出口。只有積累到一定程度的時候，才會啪的一下做出一個決定。就像我辭掉上份工作那樣。我感覺自己表面上很乖，心裡其實有一個誰都動不了的核。好像是披著羊皮的狼一樣。你會不會覺得這種性格很差勁？」

田非說：「我沒覺得這有什麼不好的。人本來自然的就會有表面和裡面的差別，這是一種保護機制吧。」

「好像好有道理。」

兩人走到的堤防的盡頭，麻理說：「所以宮津這樣大概就走完了。看到你想看的日本海，覺得滿意嗎？」

田非說：「我印象中的日本海是更陰鬱的。」

麻理笑了一聲說：「你在哪裡看到的？夏天晴天的日本海就是這樣藍藍的，跟太平洋其實沒什麼差別。你說的陰鬱的日本海可能是冬天的吧。確實比起太平洋那一側日本海這一側冬天陰天比較多。」

田非說他有點餓了，問附近有沒有什麼餐館。麻理露出困惑的表情說：「有是有，但基本都是認識的人開的，進去大概要解釋和你的關係，好麻煩。」停了一下看向田非說：「要不我們還是去天橋立吧？」

「天橋立？」

「你沒去過嗎？」

「聽說過，但沒去過。」

「想去嗎？從前面的巴士亭坐十五分鐘巴士就到了。」

「那好啊。」

兩人在巴士亭上了巴士。巴士裡面只有三四名乘客。田非和麻理坐挨著的座位，麻理坐靠窗的一頭。巴士剛開出一分鐘，只見麻理朝胸口埋下頭去。田非低頭去看麻理的臉，看到她閉著眼睛睡著了。田非心想，這倒是個什麼時候都能睡下去的姑娘。他拿出手機拍了一張麻理睡著的側臉的照片。巴士開到天橋立的時候，田非也沒叫她，麻理自己醒了過來，好像睡著的時候也在聽著巴士報站名似的。下了車後，兩人沿著沙灘走了一會兒，麻理看到一家她沒去過的蕎麥麵屋，兩人就進去吃飯。田非點了一份生魚片加蕎麥麵，麻理要了天婦羅。最後田非買了單。

天橋立這裡是一個狹長的小島，小島東側是一個又寬又長的沙灘。田非跟著麻理沿著沙灘走著，有一會兒沒說話之後，麻理忽然說：「挺不可思議的，我會和一個只見過兩次的人來這裡。本來我是跟我前男友說要帶他來這裡的。」

田非說：「前男友？分手了嗎？」

「是啊。半年前的事了。」

「為什麼分手？」

「我也不知道，總之兩人到了一個無法再交往下去的地步。」

「是嗎？」

麻理指了一下沙灘上一塊比較平坦的地方說：「我們過去那裡坐一下吧。」

田非就跟著麻理走過去，兩人在沙灘上並肩坐下來，對著日本海。麻理說得對，夏天晴天的日本海很藍，沒有一點陰鬱的痕跡。麻理抱著膝蓋坐著，兩三分鐘過去一句話也沒有說，只是看著海。田非忽然想到，這時候他是不是應該做點什麼。但是這時一種遲鈍的無力感在他心裡冒起來。他看著沙灘前端的海一陣一陣地把浪推上來，又退下去，只覺得這是什麼抽象的表現，從中察覺不到任何意義。不知道為什麼，他只感到自己知覺麻木，思路也停滯著，一切好像浸在一種泥漿裡。也許這時他該做點什麼。但是他很明白，他什麼也不會做。

不知過去了五分鐘還是十分鐘，麻理看向他說：「要回去了嗎？」

田非說：「走吧。」

兩人就站起來，順著原路往回走。「如果要回京都，可以在前面的天橋立站坐車。」

「哦，那我就去那裡坐車吧。」

田非跟著麻理走到車站前，田非在售票機買了車票，在進站的時候回頭看了一眼，麻理還在看著他，見他轉頭就笑著和他說了一聲：「再見！」

田非轉頭往檢票口進去，心想，他大概不會和這個女生再見了。

第十章

1

穿過傳送門後，天賜從一個昏暗的空間裡出來。他環顧了一圈，判斷自己是在一個地下的空洞裡。他說不清這洞有多大。在這洞的一側的上方應該是對外面的世界打開了一個扁菱形的裂縫，裂縫離地面的高度大概有一百丈，從裂縫透進來的光線給這地洞提供了昏暗的照明。天賜看到土石凌亂的地面，還有頂到洞頂的碩大的石柱，前方大約二、三十丈的地方就因為太暗而看不清楚，因此無從判斷洞的大小。前方聽著好像有水流動的聲音，天賜就朝著水聲的方向走。漸漸地，前方從暗處出現了一些活動的物體。再往前走一點，活動的物體的輪廓在天賜視野裡開始變得清晰的時候，天賜身體突然做出了反應。他還不知道自己看到的是什麼，只感到身體自動地振動起來，熱氣在他身體裡上下流竄。擡起手一看，手臂上刷刷地長出了黑色的鱗片。接著他忽然感到身體的重心後移，不得不把身子往前傾斜。轉頭一看，是他背上長出了沉重的肉翅。他的軀幹倒是沒有太大的變化，仍然是用兩腳站立著。於是他接著邁步，往那活動的物體走過去。走了幾步，他聽到不知是什麼發出來的低沉的叫聲。這不是人發出的聲音，但天賜好像學過這語言一般，毫無困難地分辨出了其中的語義，是說：

「天賜，歡迎你回來。」

靠近之後，天賜看到眼前的活物無疑就是被稱為「龍」的活物。形態像是四腳蜥蜴，但巨大無比，躺著的軀幹也有兩人高，三、四十尺長，頭伸起來能有四五人高，背上長著漆黑的鱗片，在昏暗的環境中微微反著光。天賜視野裡有七八隻這樣的龍，有的伏地坐著，有的用四肢站著。他又聽見聲音說：「往前去見你的母親，哈塞爾公主吧。」剛落音，坐著的龍就站起來，給他讓出一條道。龍的動作緩慢，像是年紀很大的老人似的。

天賜順著龍給他讓出的道往前走，前方出現一片反光，仔細看是一片流動的水。水邊是一隻龍坐著的身影。天賜走到牠面前，看到這隻龍形態跟前面的龍一樣，但身軀更大出一倍，伏地坐著時彷彿一座小山一般。走到這隻龍面前，天賜不知為何不由自主地就跪坐下來。

「天賜吾兒，你總算找回家了。」天賜聽到龍的聲音說。

他擡頭看著龍的臉，回應：「你是我娘？」

龍說：「我是你的親生母親，龍王巴托的女兒，龍族公主哈塞爾。抱歉我只能以這種身姿和你見面。現在龍泉枯竭，我們很難變成人的形態。」

天賜說：「龍泉是什麼？」

哈塞爾說：「你腳下的這片泉水就是龍泉。我們龍族需要龍泉來維持活力。原本中土到處都是龍泉，我們龍族哪裡都可以去。但這一百年來，各地的龍泉相繼枯竭，現在只有幾個地方還有龍泉。這裡是我們能找到的最大的龍泉，但水也已經很淺了。我相信這與邪王有關。」

「邪王是龍泉枯竭的原因？」

「三百年前，邪王拉達被我族人用神劍消滅，但他的魂魄並沒有消失，而是到了地下。相信是他為了轉世時不重蹈覆轍，在地下用了什麼辦法切斷了龍泉的泉脈。」

哈塞爾發出一聲像是嘆氣的聲音說：「天賜吾兒，希望你不會怪我這二十年把你放在外面，讓你一個人顛沛流離。」沒等天賜回應，她又說：「我們龍族實在自身難保。如果不消滅邪王，我們龍族可能幾年之內就會滅絕。現在龍族力量衰落，如果邪王的信徒來攻擊我們，我們也很難抵抗。你跟我們在一起其實很危險，倒不如在人間像個普通人一般隱藏身世更安全一些。你這樣半人半龍的血統也不需要龍泉來維持生命。照顧你的孫大娘以前是我的親信，很不幸聽到她遇害的消息。這二十年我也不是一直棄你不顧。你的舅舅，我的弟弟頓塔王子之前有去找過你，在你危急的時候還出手救過你，如果你還有記憶的話。但是沒有龍泉他也不能一直跟著你。在預言之中，有一個我的後代半人半龍血統的少年將會打倒這一次的邪王轉世，我一直相信那個少年就是你。我本來想如果你消滅了邪王拉達，龍泉復甦之後，我就會去找你，與你相認。現在看來事情沒有那麼順利。你身上沒有帶著神劍，是丟了嗎？」

哈塞爾一氣說了這許多話，這時才問了天賜第一個問題。天賜回答：「是的，我與邪王拉達的手下黑暗法師克刻齊交手，中了他的詭計，丟了神劍。我想找創世神再要一把，但不知道到哪裡去找神。我想既然創世神從前給過龍族一把神劍，他應該能再給一把。所以我就想先找到龍族，再看看有什麼辦法。」

哈塞爾說：「我不知道創世神亞摩會不會再給你一把神劍，但如果你想去找神，只要去神域就可以了。亞摩就住在神域。我們龍族本來可以自由來往神域，但你是半人半龍的血統，也不能飛行，需要別的辦法。好在亞摩很久以前就似乎預料到了這一天，安排了一隻大烏烏鵬，可以帶你去神域。要叫來烏鵬，你只要在天山頂上吹動仙笛即可，牠會聽得到。仙笛只要找薩那族的長老要就可以了，就是那個告訴你怎麼進來這個地洞的老人。」

天賜重複了一下哈塞爾的話的要點：「所以只要找薩那族的長老要了仙笛，在天山頂上吹動仙笛，就可以招來烏鵬。烏鵬可以帶我去神域。是這樣嗎？」

「就是如此。今天我們難得母子相認，可惜看起來你有要務在身，馬上就得走了。不過本來這個黑漆漆的地洞對人身的你來說也沒什麼好玩的。就等你消滅邪王拉達的那天，我再去人世與你見面吧。」

天賜轉身要走時想到了一件掛在心上的事，問說：「我的父親還在世上嗎？他是什麼樣的人？」

哈塞爾說：「他是一個很好的人。只是凡人和龍族結合很少見，要受很多非議，不是一般人可以承受的。我們在一起兩年的時間，我看到了他性格的變化。生下你不久後他就離我而去，我也一直沒有他的消息。相信他還活在世上的某處吧。」

天賜點點頭說：「原來如此。」隨即就站起來轉身走了。

從傳送門出來，薩那族的長老還等在那個地下室裡。天賜就和他說了見到母親的事，並且向他要仙笛。

長老兩眼放光說：「啊，你是要去神域了？」

「對。」

「仙笛我收藏在這個城堡的倉庫裡，你稍等，我這就去拿。」

天賜說：「我想去看看我的朋友。」

「好，那我等一下就到大門那裡找你。」天賜走出地下室，順著原路走到門外，看到豪凌、愛謝坐在一根斷了的柱子下面，就過去和他們打招呼。他說了見到他母親龍族公主哈塞爾的事，兩位朋友聽了唏嘘不已。一會兒長老拿著仙笛過來交給天賜，天賜接過一看，形狀和普通的笛子並沒有什麼差別，但仔細看彷彿能看到靈氣從笛子散出。

長老說：「那我就還是叫隱科帶你們去天山吧。」說著向站在一旁的那個把天賜他們從之前的村子帶過來的青年示意。青年還是一樣話不多，只點點頭表示接受了任務。

長老就對天賜說：「天下亂成這樣，你們不宜再多逗留，還是這就上路吧。」

天賜點頭說：「好。」

於是天賜三人又跟著那個青年去天山。他們花了半個月來到天山的山角下，又用了三天爬到山頂。這一路在北域基本沒看到什麼人跡。到了山頂上，天賜看到一塊像個平臺的大石頭，就爬到那塊石頭上，環視四周，視野裡的山脈都在更低的地方，看來這裡可以被稱之為山頂。天賜就掏出仙笛吹動起來。吹了一段不規則的音符後，天賜四周看了看，並沒有什麼動靜。他等了一會兒，正想再吹的時候，就感覺風從臉上拂過，擡頭一看，是一隻大鳥邊扇著翅膀邊從高處降下來。等牠著地時，天賜看到這確實是個龐然大物，兩翅張開有幾丈長，背上站十幾個人不成問題。

天賜問牠：「你可是烏鵬？」

大鳥用天賜聽得懂的鳴聲回答：「我是。吹動仙笛的人，你可是龍族的後人？」

「我是。」

「你想見創世神亞摩？」

「是的。」

「那就上到我背上吧。」

天賜轉頭看了看豪凌、愛謝，說：「我朋友可以跟我一起去嗎？」

「可以。」

於是三人就爬到烏鵬背上，抓住了牠背上的羽毛。烏鵬扇動翅膀，漸漸往高處飛去。

不知飛了多高，天賜低頭看地下時，山脈的脈絡如同畫在地圖上一般都看得出來了，這時烏鵬扎進了一團雲裡，周圍忽然雲霧繚繞，什麼也看不見了。又飛了一會兒，烏鵬從雲的另一頭飛出來，這時天賜看到烏鵬下面是一層雲海，白色絮狀的雲像地毯一樣鋪開，雲下面的地面則什麼也看不見了。再往前看時，天賜看到前面浮著一塊地，在雲層上像一座小島一般。烏鵬正是朝著這小島飛過去，靠近的時候，天賜看到小島上有綠色的植被，有小山丘，山丘上下有耕過的田地，田地周圍有十來座小房子。這樣看上去，就好像一座村莊。烏鵬在小島邊緣的一塊平地上降下來，把天賜三人放下來，對天賜說：「這裡就是神域，亞摩就在這上面，你自己去找他吧。」

天賜三人謝過烏鵬，沿著土坡往神域上去。天賜看到坡道邊上一塊田地有個人在那裡鋤地，就上前問他說：「你好，我們是從中土來的，我們找創世神亞摩，不知他在哪裡？」

這個人是個大約四十歲的中年男子，他轉身看向天賜他們，說：「從這裡上去，過了一個小廣場往左走，前面有條小路，亞摩住的地方就是小路的最後一間房。」

「多謝指教。」

天賜說，又問：「請問你是什麼人？」

男子說：「我？我是這個村子的村民。」

「這裡不是神域嗎？」

「是，有時有些從地上來的人是這麼叫這個地方，但我不懂，反正我和這個村子的大部分人是沒離開過這個地方，在這裡出生，在這裡老死，也不知道外面是什麼世界。」

「你們在這裡每天做什麼？」

「種地，收糧食，吃飯，睡覺。」

天賜點頭說：「明白了，多謝回答。」

他們按男子的指示沿著土坡往上走，經過了六七戶人家，來到一個用石頭圍著的小廣場，再往左走，一直走到最後一戶人家門口。一路上他們看到五六個村民的身影，村民看到他們也露出好奇的表情，但天賜沒再和他們搭話。豪凌和愛謝進入神域之後似乎有點緊張，也不隨意出聲攀談了。最後這棟小屋是塗成白色的泥土的牆身，屋頂上蓋著稻草。天賜敲門後，一個大約是四十來歲的女人來看了門。聽天賜說找亞摩，女人說：「亞摩去廟裡聽戲了。」

天賜說：「那個廟在哪裡？」

「從這裡下去，到了小廣場往左拐，很快就能看見。廟前面有個香爐，你們不會認錯的。」

天賜他們就按女人說的，回到小廣場的十字路口往左拐，走到門口有香爐的廟前面。走近的時候，就聽到有唱戲和彈琵琶的聲音。到了廟門口一看，裡面一間房大小的空間裡有四五個老人坐在板凳上，老人前面是個年輕的女子，手裡握著一塊手絹，用凝重的表情咿咿呀呀地唱著，似乎是一段悲情戲。女人後面一人坐著彈著琵琶。

天賜也不知誰是亞摩，叫了一聲：「創世神亞摩是在這裡嗎？」

坐著的老人們就一齊轉頭看天賜，停頓片刻後其中一個白髮稀疏，留著白鬍子，穿著麻布背心的老人說：「啊，阿龜，你來這裡幹什麼？」

天賜一愣說：「阿龜？我不是阿龜。我叫天賜，我是從中土來的。」

老人說：「阿龜，我不是叫你幫我砍柴嗎？都砍好了嗎？」

老人旁邊的另一個老人對他說：「他不是阿龜，他叫天賜，是從中土來的。」

老人聽了以迷惑的表情看向天賜，說：「哦？從中土來的？找我有什麼事？」

天賜問：「你是創世神亞摩？」

老人說：「很多人是這麼叫我。」

天賜說：「我想找你要一把神劍，用來對付邪王拉達。三百年前你曾經給過龍族一把神劍，我想向你再要一把。」

亞摩聽了說：「哦，神劍啊，好好。」說著站起來，示意天賜他們跟他走。他們還是先走回小廣場，再往亞摩的家走。

中間走到一半時，亞摩忽然停下來，轉身看著愛謝，走近了兩步又仔細看了看她的臉。看完亞摩對她說：「你不是子星的後人吧？」

三人正不知怎麼回答，天賜忽然想起在哪裡聽說過，聖王的名字叫子星，便說：「她不是中土人，她來自西域奧斯曼帝國。」

亞摩說：「唔，我就說，子星的後人我一定認得。你不是子星的後人，竟然也進得來這個村子，夠奇妙的。」

亞摩不等他們回應，就繼續往前走。走到剛才天賜他們敲過門的屋子前，亞摩推門進去，剛才那個女人迎上來，指了一下天賜他們的方向說：「剛才這幾個小孩來找過你。」

亞摩說：「知道了。」

女人就走開了。這像是一間廳堂，靠牆有張四方的飯桌，每一側各擺著一張凳子。亞摩在一張凳子上坐下說：「那就開始吧，你們先表演什麼？」

天賜不明白地說：「表演？什麼表演？」

「你們不是耍雜技的嗎？」

天賜說：「我叫天賜，我是從中土來，向你要神劍的。中土現在一片混亂，需要神劍來救世。」

亞摩露出剛明白的表情說：「哦，對，神劍，神劍。」

說著站起來，走到裡面一間屋子，一邊唸著「神劍，神劍」，一邊開始翻屋子裡的櫃子。翻了一會兒後，亞摩又走出來，對天賜說：「想起來了。」說著走到竈臺旁邊，從一堆柴火邊上拿起一把劍說：「阿龜說斧頭壞了，我就暫且借給他用來砍柴。你看看是你要的神劍嗎？」

天賜定睛一看，毫無疑問和之前他一直拿在手裡的神劍一模一樣，便說：「正是。可以借給我嗎？」

亞摩就把神劍遞過來，但天賜的手就要碰到劍柄的時候，亞摩忽然又把劍收回去，說：「不行不行，你是要用這把劍去救中土的危機？」

天賜說：「是的。」

亞摩一邊搖頭一邊說：「不行不行，中土的人這幾十年變得很不聽話，一個個狂妄自大，心裡都沒了對神的尊重，他們應該再多吃點苦頭。不是我要挺拉達，人這種東西沒有吃苦是不會想到神的。你再等等吧，等我覺得他們苦吃的差不多了，再給你這劍去救他們。」

天賜問說：「那要等多久？」

亞摩說：「也許一兩天，也許一兩百年。」

天賜聽了愣住了，一會兒說不出話，然後猛然間產生了一個主意。他對亞摩說：「好吧，要我等也可以。不過在那之前能不能把這劍借我拿一下，我想看看是不是和之前的神劍一樣。」

「好啊。」亞摩就把劍遞給天賜。天賜把劍拿在手裡，對著劍刃上下看了看，然後口中「喝」地喊了一聲，把劍朝亞摩劈下去。亞摩應聲倒地。三人對著倒在地上的亞摩看了一會兒，亞摩瞪著大眼，眼皮不動，好像是死過去了。

豪凌說：「這樣好嗎？」

天賜擡頭看他說：「不管怎樣，反正神劍是拿到了。要不然要是要等一兩百年誰等得了？」

「那我們就回去吧。」

「好。」

三人就往門口走。

但剛走到門邊，背後一個聲音說：「太愚蠢了。」

三人回頭，看到亞摩站在他們背後。亞摩像沒事一樣站著，一邊用手摸著胸前剛才天賜砍到的地方一邊說：「不錯，好久沒人給我做這樣的按摩了。既然是神劍，當然是靠神給它力量的，如果神不在了，劍還有什麼用？當然，想用神劍來砍死神首先就是不可能的。」

天賜三人轉過去朝著亞摩。亞摩走到天賜面前說：「你就是我討厭當今世人的代表，狂妄自大，目中無神。」

說著從天賜手中奪過神劍，把一隻手放在劍刃上，說：「不過我看把整治世人的任務交給你或許倒是合適。我就交給你這把劍，再附送你點小禮物。」這時劍刃上泛起銀光和金光，兩種光色絞纏在一起。

「我以前做的神劍是專門對魔用的，現在這把劍能對魔也能對人。」亞摩說著把劍交給天賜。

天賜接過說：「多謝創世神恩賜。我一定會好好用這把神劍為世人伸張正義。」

亞摩不耐煩地揮揮手說：「你想怎樣就怎樣吧，只要別再出現在我面前就行。」

天賜三人於是退出亞摩的屋子，原路走回到烏鵬停著的地方，乘上烏鵬飛往地面。在烏鵬背上時，豪凌問天賜說：「我有點好奇，剛才你砍亞摩，是因為他不願給你神劍，還是因為他不願救世人？」

天賜一想說：「這兩件事有差別嗎？」

豪凌笑了兩聲說：「那倒也是。」

2

田非保存了文檔，把目光擡起來看向餐廳內，發了一會兒呆。他視野裡有二、三十個座位，這時坐了大約六成滿。本來這家在四條京阪出站口的麥當勞，因為開在人流密集的地方，生意是很好的。不過這天是工作日，下午三四點鐘也不是吃飯的時間，所以沒有那麼多客人。田非留意了一下客人手中的食物，好幾個是在吃冰淇淋、薯條、蘋果派，只有兩三人在吃漢堡。果然還是下午茶時間。除了一桌三人是穿著工作裝的女職員之外，其他都穿著便裝。窗邊有位大約五十歲的大叔，頭髮有點凌亂，穿著一件灰色的外套，拿著飲料杯喝著，看著窗外。這個年紀沒工作的話大概不好過。田非左手邊隔著一個位子有一對母子，母親三十歲上下，頭髮沒怎麼打理過，隨便穿著短袖衫，兒子大概有四五歲。母親一邊拿薯條餵他一邊跟他說話，兒子說了一句什麼之後，母親就歡快地笑起來。

田非拿起手機，翻他收到的消息。最近的一條消息是小桃昨天在LINE上發給他的。

「今天在打工的料亭碰到一個好久沒見過的朋友。她也是來打工的。我們三年前曾經一起在三條一家餐廳打工，我不做了之後也沒怎麼和她再聯繫。沒想到今天會在料亭看到她，而且又要一起打工。她問我記不記得她。我說當然記得。其實我想了一會兒才想起來。不過京都是不是很小?」

收到這條信息過了一天，田非還沒想到怎麼回覆。這時他也不願多想了，隨便回了一句：「是很小。」

田非把電腦合上收到書包裡，起身離開餐廳。他今天之所以走到四條這裡來，是因為想去寺町的業務超市買東西，順帶在不怎麼熟悉的地方寫一下小說試試。從麥當勞出來往西走，到了四條河原町的路口，在那裡等紅燈的時候，忽然有人從旁邊拍了他一下。他轉身一看，是一個暗色皮膚像是菲律賓人的女生。這個女生見他回頭，就拿了一張小卡片給他看。卡片上面寫了一段話，大意是：「我來自菲律賓。我們的村莊需要水、糧食，和藥品。你願意幫助我們嗎?」田非正在想怎麼回應的時候，紅綠燈變綠了，他就把卡片遞還給女生，跟著人流往馬路對面走去。走著的時候，他心裡感到一陣輕微的悲哀。也許他需要跟那個女生再多聊兩句。

走到寺町的業務超市買了肉、罐頭、冷凍的餃子、義大利麵什麼的，田非就往家走。在三條河原町等巴士的時候，他手機上收到一條消息。他一看，和這人過去沒有聊天紀錄。看這人LINE名字是雲的英文，想了一會兒想起來這是上次和小桃去教會認識的那位叫晴雲的女生。

「田非你好，好久沒聯繫，最近好嗎?抱歉在事前這樣跟你說，不過明天下午有個免費的音樂會，在一家教會開的，如果你感興趣可以來聽。我也會去。」跟著發了一張圖，是音樂會的海報。

田非覺得他和這女生沒熟到可以一起去聽音樂會。不過轉念一想，他忽然覺得想找這個基督徒女生聊一下。雖然他不知道要聊什麼，但他感覺和這個女生可以有一些話說。他搭上巴士，回到家裡躺著聽了一會兒收音機，然後給晴雲回說：「好啊。正好我明天沒什麼事。」

音樂會是下午兩點開始。第二天田非一點五十到了教會門口。這個不是上次他和小桃去的在御所附近的教會，而是在北邊，到了修學院附近。他一進門就發覺這個教會蓋得很漂亮，進門是個院子，院子裡有修剪得很精緻的樹。教會在院子後面，玻璃的牆面，燈光裝飾得很絢麗。晴雲正站在院子裡，見他來了，就上來打招呼。和晴雲一起的有另外一個女生，大約是大學畢業生的年紀，穿著一套白裙，身材略顯豐滿。

田非四下看了看說：「這教會蓋得真漂亮。」

晴雲笑說：「這家教會算是網紅景點了。差不多每週都會有來這裡辦婚禮的。不過他們傳的道說實話不怎麼樣。」

「看來教會也要在世俗利益和真理之間做個權衡。」

晴雲笑了兩聲說：「不，真理不能妥協。」

指了一下旁邊的女生對田非介紹說：「這是琳達，我的好朋友，是臺灣人。」又對女生介紹田非：「這是我朋友田非，是京大文學部的高材生。」

田非搖頭說：「沒有沒有。」

晴雲說：「琳達鋼琴彈得很好，在國際比賽拿過名次哦。不過現在在學建築設計。」

田非說：「好厲害。」

三人走到教會禮拜堂裡，裡面四、五十人的位子差不多已經坐滿了，一個十人左右的小樂團也已經坐在臺上了。田非和晴雲琳達在最後排找了三個位子坐下。演奏還沒開始，田非對晴雲說：「等一下結束了有別的事嗎？有沒有興趣一起喝個咖啡？」

「可以啊。」

主持人花了大約十分鐘介紹了樂團的來歷，他們和教會的關係，以及他們舉辦這個音樂會的意義。接著是約一個半小時的演奏。因為是類似愛好者團體的音樂會，也不能苛責質量不高。給田非留下印象的是臺中間年輕的女性小提琴手。聽完音樂會出來，三人站在教會外面，晴雲問琳達覺得演奏會怎麼樣，琳達笑說：「還不錯啊。演奏了我喜歡的曲子，好開心。」晴雲又問她要不要一起去喝咖啡，琳達看了一下錶說她還要回去做一個作業，晴雲也沒勉強她。琳達就和田非、晴雲告別走了。

田非和晴雲在外面的馬路上稍微走了一下，走進他們看到的第一家咖啡屋。這間咖啡屋白色調的裝飾，桌子和牆都是白色的，桌上放糖的小瓶倒是黑色的。找位子坐下後，田非說他請這杯咖啡，晴雲笑說謝謝。點了咖啡後，田非問：「剛才的琳達也是基督徒嗎？」

「是啊。不過她跟我不大一樣。她是基督教家庭長大的，我是半途信教的。」

「有什麼差別嗎？」

「就我認識的基督徒裡面，父母都是基督徒，基督教家庭長大的小孩，一般生命都會比較好，很少破綻。就像剛才的琳達，性格特別好，很善良，很有信心，人格裡幾乎看不到陰暗面。我特別羨慕這樣的人。自己半途信教的通常是人生有什麼變故，因為一個契機決定信了，即使信了之後也不能馬上站得很穩。我也算是在人生的低谷被一個人挽救起來的。你應該讀過《悲慘世界》，知道冉阿讓的故事吧？我遇到的人就像冉阿讓遇到的那個神父。後來我也是自己去多方面找資料學習，東拼西湊了一套神學，也不敢說自己的信仰已經站穩了。」

田非抓住這個話題說：「關於基督教信仰，我有一些問題，不知道可不可以問你？」

「你說說看。」

「我讀完整本《聖經》後，一個最困擾我的問題，就是為什麼上帝要造一個有惡的世界。上帝不是全善全能的嗎？為什麼他造出來的世界會有惡的存在呢？」

晴雲說：「謝謝你的問題。你能抓住上帝是全善全能的這一點很好。那為什麼全善全能的上帝會造出惡？我的觀點是，上帝沒有造惡。這個世界並沒有惡。」

田非恍惚了一下：「這個世界沒有惡？」

「惡是人想出來的。如果人能用上帝的角度看世界，他會發現根本沒有所謂的惡。你會說，那犯罪呢？殺人呢？對於這些所謂的惡，上帝早已做出了對策，在某個時刻，公義一定會到來。也就是說如果從永恆的角度看世界的話，惡是沒有存在的機會的。只是人看世界的視野很有限，只能看到暫時的世界，因此才看出惡來。」

田非沉思了片刻後說：「所以基本的原理還是報應論，善有善報，惡有惡報，不是不報，時候未到。你說的是這個嗎？」

晴雲說：「你要理解成善有善報、惡有惡報也可以，不過你所認為的善惡和在神那裡的善惡可能是完全不一樣的。」

「在神那裡善惡是怎樣的？」

「我也不能說我懂神的善惡，但是我知道一點，就是在神看來，人都是有罪的。這世上沒有一個好人。如果要說善有善報、惡有惡報，所有人都是要下地獄的。人除了通過耶穌得救之外沒有別的辦法避免滅亡。」

田非一想說：「那我還是不明白。人是神造的對吧？既然神不喜歡惡人，為什麼要造出會作惡、會犯罪的人來呢？造出這樣的人，還要再派個耶穌來救他們，神為什麼要這樣給自己找麻煩？為什麼不一開始就造出不會作惡的人就好了？這個神他的心態到底是怎樣的？」

晴雲說：「如果人只能行善，不能作惡，那不是人，是機器人。我不知道為什麼神要把人造成這樣，讓人可以選擇去悖逆神，去作惡。但是作為一個被造物，我很喜歡被造成這樣。我有自由可以選擇做好人、做壞人，因此我在某種意義上達到了與神對等的地位。這是世上一切其他生物，動物、植物都沒有的。」

「但是按你說的，人都是罪人，聽著好像人只能選擇做惡，無法選擇行善。」

「被耶穌拯救之前是這樣。」

「除了等待耶穌拯救之外，人對世上的惡是毫無辦法的嗎？」

「對。」

「那人不是很無力？人真的可以完全放棄懲惡揚善？比如有個惡霸，與其說把他交給將來會來的耶穌，不是應該現在就給他點教訓，讓他知道收斂對人更好？」

晴雲說：「我相信在神那裡，一個不是以神的意思，而是以自己以為的善去做所謂好事的人，是比一個無知地作惡的人更可惡的。一個人如果自己想到什麼善，又按自以為的善去做事，這其實是隔絕他與神的最大的障礙。不管他的善聽起來有沒有道理。要讓一個壞人悔改不是那麼難的。要讓一個自以為是好人的人悔改那是真的很難。跟你分享一段經文吧。我忽然想起來。這是耶穌教訓信徒時說的。他說，你們可以做天上的父的兒女，因為他讓日頭照好人也照壞人，降雨給義人也給不義的人。這句話含義很深，我想其中一個是要讓人放下自以為是的善惡的觀念。你以為是壞人的人，神讓太陽照他，讓雨淋他，就像對你一樣。這樣你還不相信神的全善全能？」

田非感覺有點恍惚，說：「你再說一遍？」

「你們可以做天上的父的兒女，因為他讓日頭照好人也照壞人，降雨給義人也給不義的人。」

田非笑說：「奇怪，我讀《聖經》的時候怎麼沒有注意到這麼有意思的話？」

「很正常啊，《聖經》本來不是用來自己讀的。」

兩人這樣聊著，又東拉西扯了一些生活上的事，不知不覺就過了一個多小時。晴雲看了一下錶說：「哎呀，都這個時間了，我五點要去一個地方，現在得走了。」

「好啊。」

兩人買了單走到咖啡屋外面，田非說：「今天和你說話讓我挺受益的。」

晴雲笑了兩聲說：「我只有很普通的講道才能，在你一個京大高材生面前大概見笑了。」停了停又說：「其實我不喜歡只是講道理，我更喜歡去做一些事。比如等一下我要去的，是教會和一個福利機構合辦的一個為抑鬱症患者開的手工課，上完課後有聚餐，我就是去幫忙做飯。」

田非一想說：「是做義工嗎？」

「可以這麼說。」

「這算不算是做自己以為善的事？」

晴雲笑說：「不，我只是做讓我快樂的事。」

和晴雲聊完後，田非一開始也沒怎麼在意，直到這天晚上，他做飯吃了，躺在床上聽著收音機的時候，忽然想起她的話來。那時收音機在放一首七〇年代的民謠，講一個失戀女子坐車回家的心情，聽著的時候田非忽然想，日本真是一個和平的國家。這時田非忽然想起晴雲的話，想到她說的太陽和雨的那段《聖經》，感覺好像這一切都是聯繫在一起的。他起身坐到電腦前，上網搜索一些關於《聖經》的知識，查了「三位一體」、「因信稱義」、「原罪」之類的概念。在查的過程中，一些新鮮的想法在他腦中冒起來。包括他為什麼要寫現在在寫的這篇小說，他和這小說主人公的關係，他都重新想了一遍。甚至之前已經有構想的小說的結局，他都重新想了一個。

這之後大概過了一個星期。這天研究室有個發表會，修士和博士生基本到齊了，包括很久沒看到的簡洋。一個修士生做了一個發表，關於東西方神話的男神、女神的比較，包括日本的伊邪那岐、伊邪那美，中國的女媧、伏羲，基督教中的亞當、夏娃，田非聽著感覺還挺有意思。他聽的時候留意了一下簡洋，簡洋一開始也顯得有興趣的樣子，還問了兩個問題，但後半段他就不說話了。仔細看他的表情，田非覺得簡洋的臉色好像有點蒼白，額頭上也在冒冷汗的樣子。發表會結束後，田非叫簡洋一起去吃飯，簡洋答應了。兩人到了中央食堂，簡洋要了一盤魚、一碟涼菜、一碟雞肝，田非要了一份麻婆飯。吃飯的時候，田非試著跟簡洋談一些研究上的事，但簡洋只是隨口應一下，似乎什麼話也不想說的樣子。直到快吃完的時候，簡洋才突然笑了一聲說：「昨天我做了一個夢，夢到我又回到了高三準備高考的時候，我媽站在我桌邊看著我做題，氣氛特別緊張。」

田非說：「大概你最近學習壓力比較大吧。」

簡洋沒說話。吃完從食堂出來，田非說他去圖書館，簡洋說他要回家了，兩人就走到圖書館前面在那裡道別。田非剛要轉身的時候，簡洋忽然叫住他說：「非，如果有一天我不在了，小桃就麻煩你照顧了。」

田非回頭看他，但沒來得及想個回應，簡洋已經轉身往前走去了。

第十一章

1

天賜三人拿著神劍下了天山，便往王都晉陽走去。路上經過一座城，這城正在受圍攻，一批部隊搭雲梯想攻進城內，城牆上的士兵射箭防守。城外有一個營寨，天賜看到便帶著豪凌、愛謝走進寨中，對上來的士兵說要找他們的主將。士兵狐疑地看了看他們，進去通報，一會兒又出來，把他們帶進主將的帳篷裡。

主將是一個大約四十歲的男子，穿著盔甲，天賜見到他便說：「速速下令停止進攻。」

主將說：「你是何人？」

天賜說：「我便是大炎國的王，天賜。」

主將瞪眼說：「胡說，我聽說天賜王幾個月前就去世了，你好大膽子，竟敢冒充國王？來人，把這狂徒拿下！」

說著旁邊的幾個士兵就圍上來。天賜拔出神劍一掃，散出一片金光，士兵紛紛倒地。

天賜舉著神劍說：「你不認得我，還不認得這把神劍嗎？」

主將見了跪倒在天賜面前說：「你真是天賜王？請恕小人無禮。」

天賜說：「知道就快按我說的，停止攻城。」

攻城的士兵撤回來之後，天賜又走到城門前，要求見城主。這城主是當時在晉陽從天賜那裡領了地的，見過天賜，因此在門樓上一看，立刻下令開城門，出來跪拜在天賜面前。天賜看這人的面孔回想了一下說：「你是叫梁紀對吧？」

「正是小人。」

「那邊的軍隊是什麼人，為何攻打你們？」

「他們是上黨城來的部隊。現在各地的城主各自為王，互相征戰，這半年小人這座城已經被攻打過好幾次了。」

「你有自立為王嗎？」

「小人不敢。」

天賜點頭說：「你的品性很好。你立刻去寫信告訴各地城主，說我天賜還沒有死，讓他們退掉王位，重新降服於我大炎國下。」

「遵命。」

天賜又回到攻城的部隊那邊，叫那個主將退兵回上黨，並讓他傳信給上黨城主要他降服。接著就進到梁紀的城裡休息，又讓梁紀準備少量精騎，他要帶去晉陽。

接著天賜便帶著人馬出發去晉陽。走了三天，路過一座城池。這城像是廢墟一般，城牆和城內的房屋大多都毀壞了，可能是最近被攻打過。進了城門後看不到一個活人，但是仔細看有人影在動。湊近一點看，這動著的東西有人形，但不是人，青白的皮膚上有多處腐爛的痕跡，像是屍體一般，移動的時候像是腳被銬著一般拖著腳步緩慢移動。天賜回頭看愛謝，愛謝說：「我以前在文獻裡讀到過，這也許是殭屍。」

天賜說：「我不在的時候這中土又多出了這些妖孽。」說著揮劍砍倒了面前的殭屍，帶人馬出城而去。

一路來到晉陽，晉陽城倒是別無大恙的樣子，城門開著，有些平民在出入，兩個守兵站在門邊。天賜帶著人馬走到城門前，幾個門外的平民看著天賜，一個老農忽然說：「啊，是天賜陛下！陛下回來了！」接著就是一片「陛下」「陛下」的叫聲。幾個人進去城裡通報，一會兒城裡平民湧到城門口，在那裡排城一片，歡呼「陛下」。接著是城裡的文武官員出來迎接，一個管理內宮的官員，叫周招的，上來對天賜說：「歡迎陛下歸來，請跟隨老臣進城。」天賜就跟著周招往城門進去，在平民的夾道歡迎的呼喊聲中往王宮走去。他有點納悶為何錢宰相和蔡軍師沒有出現。

進了王宮後，天賜也來不及休息，立刻在正殿上召集官員議事。二十來人的文武官員到了殿上，其中有錢照，但沒有蔡洪。天賜先解釋了一下自己的經歷，說他去討伐克刻齊，不慎丟了神劍，但又到神域去找創世神要了一把新的神劍。現在回來準備重整國力，繼續討伐黑暗勢力。然後天賜想聽現在中土的情況的報告。這時剛才的周招站出來說：「老臣首先有一事想稟報。」

「說。」

「兩月前，陛下命令限制在宮中的詠寧公主，因遭人姦污，自縊而死。」

天賜聽了猛地湧起一陣怒火，說：「什麼人做的？」

周招說：「宰相錢照。」

天賜朝錢照說：「錢照，此事當真？」

錢照站起出來跪下說：「微臣一時糊塗，受了那女人的美色迷惑，做了不該做的事，望陛下贖罪。」

天賜握緊拳頭說：「你怎麼可以做這種事？這詠寧公主是先朝的遺物，我是要把她供起來留作紀念的，你怎麼可以動她？你可傷了我的心了。」想了一下說：「我不想在這裡再看到你，這樣吧，我現在剝奪你宰相的官職，在南蠻給你一塊地，你去那裡養老，不准再回晉陽。你今天就出發。」

錢照說：「謝陛下。」說著退下了。

錢宰相走了以後，文官裡最大的就是一個姓宋的參謀。天賜不很認識這人，只知道他是羌王時期的文官，自己即位時來說過效忠的話，所以用了他。這宋參謀上前報告了最近中土的形勢，自立為王的城主有哪些，兵力如何。天賜聽完說：「你即刻去寫信告訴這些叛變的城主，說我天賜拿著神劍又回來了，讓他們歸順，再一起進行消滅黑暗的大業。」

宋參謀說：「以微臣看來，其他的城主都好勸說，唯獨一人恐怕不會再次歸降。這個人已經走上了黑暗的道路，修煉了黑暗法術，在揚州城自立為王，把揚州城變成了一座死城。這是叛變的城主中最為棘手的一人，陛下如果能擺平這個人，其他人相信都不會對歸順再有顧慮。」

天賜說：「這人是誰？」

「他就是先前的軍師蔡洪，現在人稱死靈法師。」

天賜聽了大吃一驚，一時間身體裡產生了一種無力感。他在王座上坐下來，定了定神說：「明白了，揚州城就交給我吧。」

接著的兩三天天賜很快準備了一支軍隊，帶著前往揚州城。行軍半月來到揚州城外，見到揚州城城門緊閉，城上空的空氣中瀰漫著一股黑氣。走到城門下，他看到蔡洪站在門樓上，便問：「門樓上的可是蔡洪前輩？」

蔡洪說：「天賜，你是來對付我的嗎？」

天賜說：「前輩為何投奔了黑暗？」

「為何投奔了黑暗？因為整天聽你們說光明光明的，聽得我都煩了。你是沒有體會過，放棄那些所謂的光明的教導，接受黑暗的擁抱，是一件多舒服的事。只要體會過一次，你就能明白我現在的心情。」

「前輩還有回心轉意的機會嗎？」

「不可能了，天賜。光明和黑暗是勢不兩立的。今天要麼你死，要麼我亡。我就讓你看看黑暗的力量吧！」

說著蔡洪將雙手舉向空中，從手上放出紫光，就見城門打開，一群士兵衝出來。這群士兵不是人，而是一群骸骨。天賜的部隊傳出畏縮的喊聲，天賜叫說：「不要怕，把它們當作普通人來打。」天賜的部隊就衝上去與骷髏兵交戰。一炷香時間過後，雙方各有傷亡。這時又見蔡洪舉高雙手唸動咒語，就見天賜部隊戰死的士兵又爬起來，變成殭屍搖搖晃晃地轉身朝天賜的部隊襲擊過來。

天賜想他不出手不行了，便拔出神劍，一個一個砍倒了殭屍，又揮出劍氣掃除了骷髏兵。然後他飛身上城樓，站到蔡洪面前。蔡洪因為修煉妖法而變得臉色發黑，眼睛中卻發著紫光。蔡洪不等天賜說話伸手「喝」的一聲，噴出紫色的毒霧，天賜頓時感到一陣麻痹。天賜唸動咒語，喊：「火！」用火燒去了毒霧，然後一劍往蔡洪刺去。蔡洪用兩手接劍，但不敵劍的力道，被劍刺穿了身體。蔡洪倒地後，天賜上前去跪在他臉旁邊。蔡洪用最後的力氣說：「天賜，你那時不該把克刻齊的邪典交給我。我道行不足，無法抵抗那些邪術的誘惑。這世界的黑暗真是比海還深，人要墮落有無數種方式。天賜，希望你能永遠站在光明的一邊。」說完蔡洪就嚥氣了。

清除了揚州城的骷髏和殭屍後，天賜又到周圍被蔡洪襲擊過變成死城的城池，消滅了在那裡的死靈部隊。天賜消滅了死靈法師蔡洪的事很快地傳遍了中土，之前自立為王的城主紛紛都又歸順了。天賜在晉陽城內，聽著各地捷報一個個傳來，兩個月裡看到中土的大勢已定，他覺得很滿意。但是他還不能休息，克刻齊和邪王拉達未除，他始終不能完全放心。於是這天他和豪凌、愛謝商量後，決定立即啟程再次去找克刻齊。除了豪凌、愛謝，他還帶了一百騎兵一起去，但他知道這次面對克刻齊的一定還是他自己。一路來到東海岸邊克刻齊的城堡，並沒有遇到黑暗部隊。於是天賜便讓騎兵等在城堡外，仍是和豪凌、愛謝三人進去。

城堡內大致和上次來時他看到的一樣，只是比上回更加空蕩，從前廊一直走到大廳，沒有一兵一卒來阻橈。看來克刻齊知道攔不住拿到新神劍的天賜，沒有召喚出新的地魔。走到大廳裡，上次站著那隻黑魔的地方，這時站著克刻齊本人。克刻齊仍是一身道袍，拿著法杖。天賜舉起劍指向他說：「克刻齊，你知道你的大勢已去了吧？」

克刻齊說：「龍的後人，就算你再拿到一把神劍又怎樣？邪王是不可能被消滅的。」

天賜說：「上次要不是中了你的詭計，恐怕邪王已經不在世上了。但是你的詭計不可能成功兩次。」

克刻齊笑了兩聲說：「誰知道呢？你能中招一次，為什麼就不能中招第二次？」

話剛落音，從旁邊走過來一個人，站在克刻齊前面，面對著天賜。是月兒。雖然早有預料，但見到月兒還是讓天賜心裡一驚。他肚子上被月兒刺過留下的傷疤又刺痛了一下。月兒雙手各握著一把散著妖氣的匕首，她舉起匕首到胸前，稍微屈膝，擺出準備搏鬥的姿勢，說：「天哥哥，我們來較量一下吧。」

天賜見這情形不得已舉起劍，剛擡手過肩，月兒就快步衝上來，用右手的匕首朝天賜刺過來。天賜用劍擋開。接著月兒左手的匕首從另一側劃過來，天賜來不及收劍，只得往後跳躲開。

月兒笑說：「天哥哥的動作怎麼這麼遲鈍？」說著舉起匕首到面前，唸動咒語，匕首上就騰起黑紫的火焰。月兒一甩手，黑焰就像波浪一樣朝天賜撲過來。天賜揮劍用劍氣掃開火焰，就見月兒從火焰中穿出來，一對匕首直取天賜的喉嚨。天賜使出崑崙劍法「仰式」，朝後彎腰躲開月兒的攻擊，同時朝上踢腿踢中月兒的肚子，把月兒往後方踢飛過去。月兒叫了一聲，在往後飛的時候朝天賜扔出右手的匕首。天賜緊急用劍抵擋，神劍的金銀劍氣碰在匕首上，把匕首的刃擊碎了。月兒跌倒在前面幾步遠的地方。天賜走到月兒腳前，說：「停止吧，月兒，你打不過我的。」

月兒眉頭狠狠一皺，「喝」的一喊，把左手的匕首也朝天賜扔過來。天賜扔用劍擋開。月兒用兩手支撐著地面坐起來，忽然變了個柔和的表情說：「天哥哥，原諒我，我也是被逼著才跟從了壞人，你給一個悔改的機會吧。」

天賜聽了一驚，愣著站了一會兒，緩緩放下手中的劍。他完全知道這也是月兒的詭計，他只是在一瞬間悟透了崑崙劍法的最後一式，「回頭」。他唸著：「苦海無邊，回頭是岸。」一個轉身把月兒砍倒在地，月兒血濺了一地不動彈了，手上還抓著剛剛從腰帶中掏出來的鋼針。

天賜什麼也不說了，舉著神劍朝克刻齊撲過去。克刻齊拋出閃著雷光的光球，但天賜被神劍銀光罩著，光球完全碰不到他。到了克刻齊面前，天賜舉劍對著克刻齊迎面劈下去。克刻齊舉法杖抵擋，但根本擋不了天賜，連著法杖被劈成了兩半。靜止了一會兒後，豪凌和愛謝走上來，看著地上克刻齊的殘骸，豪凌說：「這克刻齊就這樣完了？」

天賜收劍入鞘說：「我們搜一下這座城堡，一定能找到關於邪王拉達的線索。相信克刻齊還沒完成邪王拉達的召喚，否則他不會這麼慫地一直躲在這裡。」

天賜三人便分頭去找線索，天賜東邊，豪凌西邊，愛謝上二樓。城堡很空，天賜進了兩個房間也沒看到人。接著進了一間像是廚房的地方，他看到一個人影，是個三、四十歲的男子，站在竈臺邊。天賜舉劍對著他說：「你是什麼人？」

男子說：「我是這裡的廚子。」

天賜想了想說：「你知道什麼關於邪王拉達的事嗎？」

廚子說：「我什麼也不知道，我只負責做飯。」

天賜看他不像壞人，收起劍說：「你怎麼可以給克刻齊幹活，你不知道他是要復活邪王的壞人嗎？」

廚子說：「我不知道克刻齊在幹什麼，反正他付我錢，我就給他們做飯。」

天賜想了一下說：「克刻齊他們平時吃什麼？」

廚子指了一下旁邊的牆壁，牆上的鉤子掛著一些肉片。「我不知道他們從哪裡弄到的肉，總之每兩三天就有肉送過來，我負責做熟了給他們吃。」

天賜說：「做熟的還有剩的嗎？」廚子就打開竈臺上一個鍋，夾了一片肉放在小碟上遞給天賜。

天賜接過嘗了一口，感覺味道還不錯。這時豪凌走進來說：「天賜，你在幹什麼？快過來。」

天賜放下碟子，跟著豪凌走出去。

「有什麼發現嗎？」走到大殿，看到愛謝在看著一個頭只到愛謝腰部的小矮人。

豪凌說：「他好像是這城堡的管家。」

天賜走到小矮人面前，舉起劍對他說：「你一定知道關於邪王拉達的事，說！」

小矮人舉著兩手說：「不要殺我，我把我知道的都告訴你。我不知道是不是跟邪王有關，但我看到克刻齊每天晚上都會進一個傳送門，不知是去做什麼。」

「傳送門在哪裡？」

「前面那張椅子下面有個通道通往地下室，傳送門就在地下室裡。我看到克刻齊都是用他脖子上掛著的一個寶珠打開傳送門的。」

天賜就走回克刻齊的殘骸邊，翻了一下，找到一個石頭的小球，大概就是管家說的寶珠。接著他在管家說的地方打開往地下室的通道，和豪凌、愛謝一起下去。藉著地下室的火光，他看到地下室中間有兩根柱子，走近一看，其中一根上面有個半球形的缺口，他就把寶珠放進去。這時兩根柱子間亮起了一層光幕。這就是傳送門無疑。天賜就帶著豪凌、愛謝一起進去。從傳送門另一頭出來，是個跟之前的地下室相似的房間，也是牆上亮著火光。前方有出地下室的樓梯，三人走樓梯出去，從一個大廳的一角出來。這間昏暗的大廳裡可以看到牆壁和柱子上貼滿了咒符，在大廳中間，有個大約一人高、蛋形的物體。三人走到這物體前，看到這物體表殼是半透明的，看進去可以看到裡面有個似人似鬼的魔物。

天賜說：「這一定就是邪王拉達了。」

豪凌和愛謝同時說：「嗯。」天賜就舉起神劍，把這蛋殼和裡面的東西砍成了碎片，不知名的液體流了一地。砍完後天賜說：「這樣天下至少可以太平三百年了。」

三人正要順著原路回去，豪凌忽然指著一邊說：「天賜，看，那邊還有個走廊。」

天賜順著豪凌指的方向看過去，看到牆壁一側開出的一條昏暗的通道。他看了看豪凌，猶豫了一下說：「過去看看吧。」

三人就走進那條走廊。走廊很長，走到另一頭大約走了一百來步。在這一頭連著一個往外開出去的平臺，平臺周圍有欄杆，天賜走到欄杆邊扶著一看，發現他們在一個很大的空間裡。這平臺下面黑漆漆的深不見底，往前方看，從不知是黑雲還是石壁之間透下來的光中，隱隱約約可以看到一座城堡的輪廓。根據距離來判斷，這城堡至少比克刻齊的城堡大十倍。在漆黑的部分隱隱可見亮著稀疏的藍色火光。天賜三人站著，一會兒誰都沒說話。然後豪凌終於說：「你剛才砍的，真的是邪王拉達嗎？」

天賜轉身說：「不要懷疑，剛才那個肯定是拉達。邪王拉達已經被我消滅，不在這世上了。這樣的城堡廢墟，中原多得是，什麼也說明不了。」

說著天賜就帶著豪凌、愛謝順著原路出去，此後再也沒提這他們沒探索過的黑暗城堡的事。

回到晉陽，天賜對著群臣宣布他消滅了邪王拉達，黑暗的時代已經結束，接下來的是光明的時代。這消息很快傳遍了中原全地，於是普天同樂，歌頌天賜的功績，歡慶新時代的到來。

2

田非寫到這裡，按下鍵盤上的保存鍵，然後往椅背上一靠，把兩手抱在胸前。他眼前是下午三四點時的餐廳的光景，六、七十人的座位這時大約坐了一半人。這個時間來餐廳的人想必都不是正經為了吃飯的，有的看起來只是來會朋友，四人一桌，桌上四杯飲料，互相攀談著顯得頗為活潑，笑聲隔著兩張桌子的田非這裡也能聽得很清楚。可能因為她們是年輕的女生的緣故。另外一桌是個中老年人的聚會，有五位年紀在五十歲左右的大嬸，圍著坐了一桌，頭湊在一起不知在講什麼。還有一桌是大學生模樣的男青年獨自一人，戴著耳機，看著手機上的不知什麼，桌上有一份吃了一半的蛋糕。這樣看著餐廳裡的過程中，田非的思路慢慢離開了頭腦中那個虛構的世界。寫小說的時候，田非通常會代入主人公，設想自己在主人公所在的世界裡，把自己的感受和想法加在主人公身上，好像他就是那個主人公似的。但是一旦決定今天寫到這裡為止，按下保存鍵，把目光從電腦螢幕上移開，他就會開始一個回到自己的過程。剛才的他好像一個清潔工進了一座城堡，目光被城堡的宏偉結構吸引，擡頭看著忘了自己的身份，但看了一會兒後低下頭，看到地上的垃圾，終於想到自己是誰，並且在一件一件撿起垃圾的過程中鞏固對自己存在的認識。這個過程在人很多的餐廳裡發生得最快，通常只要十分鐘左右。在圖書館寫的話，這個過程大概需要二十分鐘。如果在家裡寫，則緩緩地不會發生。這就是為什麼田非喜歡在餐廳裡寫作。當他感到思緒已經回到自我裡時，他再回想他剛寫下的主人公，就會感到那是一個別人，和他幾乎沒有什麼關係。不知出於什麼原因，對於他不是他寫的主人公這件事，他抱著一種隱祕的欣喜。

田非把電腦收到書包裡，站起來背上書包，拿著小票去結帳。和往常一樣，他點了一份飲料自取。從薩莉亞下到百萬遍路口，他本來打算去研究室找一本書，但猶豫了一下還是決定不去了，想直接回家睡個覺。於是他順著東大路往北走，邊走邊想著晚上要吃什麼。走到羅森百元店那附近，他忽然注意到馬路對面的一個人影，是秦豐。秦豐身邊走著另一個女生，不是鍾喜，是田非沒見過的一個人，短髮長裙。田非在東大路西側，兩個女生在東側，從北向南走來，和田非隔著四車道。田非看到就停下腳步望著她們，但秦豐沒有注意到他，只是和那女生繼續往前走。兩個女生像在閒逛般步子很慢，但也就是一閃而過，田非只有五六秒鐘的時間觀察兩人的表情。但就在那幾秒鐘，田非感覺到兩個女生之間似乎有什麼非同尋常的東西。

他繼續往前走，來到生鮮館，拿了個菜籃，但還沒想好要買什麼，只是繞著櫃檯看看。看了一會兒後，他最終決定晚上吃胡蘿蔔炒肉片，便買了兩根胡蘿蔔，一盒切成片的豬肉、薑和蒜，又為接著兩天的飯買了兩盒雞肉、一包洋蔥、兩根黃瓜。回到家裡，把菜放進冰箱，他就打開收音機，躺在床上休息。不知不覺睡了個小覺，醒來是已是天色昏暗的時候，他便起來開了燈，從冰箱拿出豬肉和胡蘿蔔，準備起晚飯。吃完飯洗完碗後，他便坐下來看書。這時是晚上七點多，忽然他手機震了一下，他拿起來一看，是秦豐給他發了消息。「我們在烏丸御池這裡喝酒，你要不要來？」

田非想起下午看到的女生，想了一下回說：「有誰一起？」

秦豐回說：「就是老樣子，我和鍾喜。還能有誰？」

田非想了想回了一個「好」的表情圖。

他換了衣服出門，坐巴士穿過河原町到四條，拐彎來到烏丸。這天是個週末，從繁華街穿過的時候，街上顯得特別熱鬧，在四條的路口還有藝人在賣唱，圍了一圈人。下車後田非按秦豐給他的地址看地圖走了十分鐘左右，來到一家居酒屋。進去後就看見秦豐和鍾喜在靠牆的一個位子上，向迎上來的服務員示意了一下便徑直走過去坐下。居酒屋的五六張桌子都坐滿了人，還有六七個人坐在櫃檯邊，有一個在和老闆大聲說話。

「下午本來我們是要去國立博物館看北齋的畫的，但喜兒臨時有事取消了。所以她說晚上請我喝酒賠罪。」秦豐拿起清酒的瓶子給田非倒了一杯，一邊說。秦豐穿著黑色的短袖衫，和田非下午看到她時一樣。

田非謝過秦豐的酒說：「哦！那個展，我前不久剛去看過。這個北齋也算是放蕩不羈地過了一生的人了。」

鍾喜說：「好像有個規律，畫家的人生會更放蕩一些，小說家的人生會更低調一些。非你會不會這麼覺得？」鍾喜穿著一件淺紅色有褶子的短袖衫。

秦豐笑說：「可能你想的畫家是畢卡索，你想的小說家是谷崎潤一郎吧。小說家放蕩的可有不少，太宰治不能算不放蕩了。」

鍾喜笑了兩聲說：「但田非將來肯定是一個低調的小說家。」

田非拿起酒杯喝了一口說：「其實我不是一直這樣的，我也有過放蕩的時期。」

秦豐笑說：「是嗎？什麼時候？」

「二十出頭上大學的時候，那時的我可以說天王老子都不放在眼裡。」「是嗎？那後來是什麼讓你改變了？」

田非想了想說：「一些破事，也算經歷了人生的低谷，這個就不提了。重要的是結論。其實最近我有和一個信基督教的朋友談了一下，自己也重新想了想。我認為活在這世上人不能不否定自己。一個人如果徹底地相信他是好人，他對世界的一切一定是由自己出發來判斷，簡單地說就是順他者昌，逆他者亡。他是無法和別人共存的。一個相信自己的好的人如果得到權力，一定會成為獨裁者。反過來說，一個人如果開始否定自己，他才第一次需要從外界得到幫助，這將最後帶領他理解這個世界，並和這個世界交流。一個社會如果由一個好人因著他的好來領導，整個社會必然充滿殺氣。而我所相信的理想的社會，是自覺的壞人共享的社會。我們雖然各自有惡和缺陷，如果我們能承認，我們就能通過交流來造就一個善的外部世界。因為認為惡是惡，這認識本身是善的。難道不是嗎？這樣，從善出發會以惡結局，從惡出發卻能以善結局。」

說完秦豐和鍾喜都有幾秒鐘沒有說話。然後兩人對看了一下笑說：「還挺有意思的。」

秦豐說：「我大致能理解你的意思。不過我就看到一個問題。一個人如果自信是好的，他做事就很容易，他可以想做什麼就做什麼，因為他相信他想做的都是好事。你說的世界人是有點扭曲的，人是否定自己的，如果是這樣，人就沒辦法做事，不是嗎？」

田非說：「這個我也想過了。你說得很對，這種情況會發生。注意，我說的這個世界不是東方哲學中的天人合一的世界，而是正相反，人與世界永遠處於隔閡的狀態，人在惡這一邊，世界和人的意識在善那一邊。在這種情況下，人沒法做出討好兩邊的事，對世界好對自己就是虧的，對自己好則虧損了世界，以及他相信的善。所以我相信人最好就是不要做事，做得多錯得多。但不是說人就完全做不了事。人要做事，首先要克制自己，然後耐心地學習，和這個世界交流，然後等待機會，對時機做出選擇，通過這樣來最小化他要做的事和世界的不相容性。一看上去這是很煩的過程，但人如果能這樣做，他在這世上更容易平安順利。」

就這麼聊著，兩三小時很快就過去了。快十一點時田非和秦豐鍾喜從居酒屋出來，道別了各自回家。田非還是在烏丸坐車。在巴士亭等車的時候，他手機收到一條消息，是小桃發給他的。「非，你今天有見到洋洋嗎？」

田非愣了一下，回說：「沒有啊。怎麼了？」

小桃的回覆立刻傳過來：「洋洋到現在還沒回家，也沒和我聯繫。早上他跟我說去學校，我也沒在意。中午我問他吃飯了沒，他沒回我。接著就一天都沒消息過來，也沒回家。」

田非回想起一週前和簡洋吃飯時最後他說的那句奇怪的話。他想了想回說：「可能在研究室吧。我幫你去研究室看一下。」

小桃回說：「麻煩你了，還要你出門。」

「不會，我其實就在外面，剛和朋友喝了點酒。」

接著小桃就沉默了。巴士來了，田非上了車。十一點鐘的街道人已經很少了，稀稀疏疏地在依然亮堂的繁華街便道上晃盪著。關了門的各種店鋪依然從玻璃牆透出空洞的燈光，無謂地照著貨架上的商品。

到百萬遍下了車，田非從西北門進了校園，走到文學部的樓下，刷卡進去。上樓來到研究室門前，門縫下是黑的，裡面肯定沒有人。但為了確認田非還是掏鑰匙開了門。進去後他開了燈，四下裡一看，的確沒人。他並不相信簡洋會在這裡。他想簡洋身上一定發生了什麼積蓄已久而終於出現的深刻的事。但他想給小桃一種不要緊的感覺。

他掏出手機給小桃發了信息：「洋不在研究室。可能為了想什麼事情到哪裡去散步了吧。我常常也會這樣。」

然後他就下了樓往家走。回到家裡，他打開收音機，躺到床上。收音機放了兩首歌後小桃的消息才傳過來。「想一個人去散步至少也給我發個信息告訴我一聲啊。洋洋從來沒有這樣子的。雖然最近他確實很奇怪。」

田非看了信息便放下手機沒有再回。大約二十分鐘後，小桃又一條信息發過來：「你能不能到我家來？我感覺有點害怕。」

田非看了消息愣了愣，心跳猛然加快了。他在床上坐了一會兒，走進浴室，洗了把臉。然後他看著鏡子中的自己。他感到這是他人生中少數要做出艱難抉擇的時候。雖然他會怎麼做好像早已經決定好了。他坐回床上，拿起手機，給小桃發了消息：「別想太多，去睡個覺，我相信他不會有事的。要是明天早上他還沒回來我再去找你。」

一會兒後小桃回過來說：「好吧。」

這一夜田非輾轉反側無法入睡。一開始他回想起許多關於簡洋和小桃的記憶。兩人剛來京都的那一年，田非常常去拜訪他們，在他們家吃飯，一聊聊到深夜。回想起來，那真是一段好日子。但夜深了之後，一個更強烈的意象佔據了田非的思緒。他看到一個在漆黑裡，在不安和恐懼之中，一個人無助地躺在床上的小桃。想著這樣的小桃，他感覺他這樣平躺在床上簡直是不可忍受的，在一種激動之中，他彷彿需要用盡全力才能克制住一個跳起來去做點什麼的衝動。但是再次細細檢視了自己的世界觀和人生觀之後，他漸漸確信，這時候他沒有什麼能做的。大約到了三四點時，倦意開始襲來，他才睡下去。

睡了大約四小時，七點多起來時，田非先拿起手機看了看。沒有新消息。他給小桃發了一條LINE：「洋回來了嗎？」然後他起來去衛生間洗臉。

回來再拿起手機一看，小桃的回覆已經來了：「沒有」兩字。

田非便回說：「我現在過去你那裡。」放下手機就開始換衣服。

拿上手機出門時小桃的回覆過來，說：「好。」

田非下了樓，到自行車棚那裡拿了車，往小桃家騎去。這條路田非騎過很多次了，不須看地圖也知道怎麼走。但今年他還是第一次上這條路。到了出町柳附近的便利店，他停車進去買了袋麵包和一盒酸奶。接著他繼續往西走，過了同志社大門的下一個路口往北。過了兩個路口往左穿進一條小路，再騎幾分鐘就到了小桃他們的公寓樓下。他們住的這棟公寓有四層高，每層大約十一、二戶，沿著褐色的牆身平著排開。小桃他們那戶在三樓，從中央的樓梯口上去，到了三層出來，往右數第二間就是。他們住的是兩房一廳的套間，廳是放一張四人的餐桌就不剩什麼空間的大小，如果田非上次來之後沒變過的話，兩房的一間比較大是臥房，一間小的做簡洋的書房。

田非按了門鈴。一會兒後小桃來開了門。見到田非，她就往屋子裡面走去，田非也跟著進去，隨手關上門。小桃在餐桌邊的一張椅子上坐下，看著窗外。她穿著長袖長褲的棉質睡衣，睡衣上印著小熊圖案的花紋。田非第一次見到她穿成這樣。屋子裡沒開燈，藉著窗外透進來的早晨的亮光，田非看到小桃眼睛下面有黑眼圈。田非說：「昨晚大概沒怎麼睡吧？」

小桃說：「完全沒睡。一晚上心驚膽戰的，就怕接到一個電話，要我去認他的屍體。」

田非把麵包從塑料袋裡拿出來，說：「吃點東西？」

小桃說：「不想吃。」但停了一下，她還是拿起麵包，掰了一小塊吃下去。

田非說：「要報警嗎？」

「我就想等你過來就來打這個電話，自己真不敢打，好像打了就真的有事了。」田非拿起手機在網上搜了一下，搜到一個警視廳失蹤者問詢中心的電話，網頁上說在報警之前最好先打一下這個電話。再一看，這個電話接聽的時間是早上八點半開始。手機上顯示現在還沒八點。田非給小桃看了看這個網頁，小桃點點頭。

接著兩人就不說話地坐在客廳裡，各坐在餐桌的一邊，臉都朝著窗外。過了兩三分鐘，田非決定還是要說點什麼，便問：「簡洋最近發生了什麼事嗎？」

小桃沒回答，仍側著臉看著窗外，但幾秒鐘過去，她忽然用手捂住臉，開始抽泣起來。田非看著她坐著不動。抽泣了幾下，小桃忽然起身往田非的方向過來，坐到他腿上，側身抱住他的肩膀，放開聲哭起來。「都是因為我。從五年前我流產的時候開始，我和他就一直有一層隔閡。他什麼也沒說，但我懷疑他已經不喜歡我了。這次其實我心裡有一點希望他能就這樣消失不見。我這樣的人太可怕了。可能就是因為我心裡有這種想法，他才走掉的。我沒法原諒自己。」小桃一邊哭一邊用斷斷續續的聲音說著這些，田非費了一些勁才把她說的連成句子。小桃哭了大約有半小時，接著慢慢靜下來，幾秒鐘沒聲音之後，她放開田非，從他腿上站起來，往衛生間走過去，大概是去洗臉。

從衛生間回來後，田非看她的表情平靜了，便說：「打電話吧。」

小桃點點頭。田非便把手機放在桌上，打開電話模式撥了剛才查到的那個號，把揚聲器打開，兩人就都聽得見電話裡的聲音。那邊接了電話後，小桃便說：「我丈夫一晚上沒回來，也沒和我聯繫，我是不是該報警？」

接線員說：「請問你丈夫的年齡、職業。」

「他三十一歲，是京都大學博士課程的學生。」

「請問你的年齡、職業。」

「我也是三十一歲，基本在家裡，有時打點零工。」

「你丈夫最後一次和你聯絡是什麼時候？」

「昨天早上出門的時候，他說去學校。出門後就再沒和我聯絡。」

「那時他有什麼不正常的表現嗎？」

「沒有，就像往常一樣。」

「你知道他最近有捲入什麼糾紛嗎？」

「完全沒聽他說過這種事。」

接線員停了片刻說：「就我看來，這是事件的可能性很小。可能他去拜訪朋友，在朋友家喝醉了，忘記跟你聯絡。我們常遇到這種事。我的建議是再等一兩天看看，如果還是沒有他的消息，再提出搜索申請不遲。」

小桃轉頭看田非，田非點點頭，小桃便說：「好，知道了。謝謝你。」

掛了電話，田非收起手機站起來說：「好吧，人家都這麼說了，你就再等等。說不定他過一會兒就回來了。今天要打工嗎？」

「有個藥妝店的打工，是到下午三點。」

「你去嗎？」

小桃點點頭。

「那我到四五點的時候再來看你。如果那時簡洋還沒回來的話。」

「好啊。」

尾聲

1

從消滅了克刻齊和邪王拉達那天算起一下一年過去了。這一年天賜可以說過得無所事事。他對料理政務不感興趣，幾乎把所有國家的事都交給幾個大臣和將軍打理。克刻齊之後中土境內也沒再發生過動亂或反叛，天賜的武藝也沒再派上用場過。他每天睡覺，在院子裡養些植物，看看畫冊，無謂地消磨時間。一年後的這天，晉陽宮內舉辦了一個典禮，紀念消滅邪王一週年。天賜坐在王位上，聽群臣輪流唸給他稱讚他的賀詞。其中一個說：「陛下奉天承運，在天下陷入黑暗的危機之時，不計個人得失，勇敢接受了創世神交付的使命，用神劍斬斷了黑暗的魔爪，正是應了天時地利人和……」

唸到這裡時，忽然從旁邊響起一陣大笑聲。天賜轉頭看過去，是有一段時間沒見到的豪凌。豪凌走到大殿正中間，指著天賜，對站在後面的大臣們說：「什麼不計個人得失，勇敢接受創世神交付的使命？你們當時沒在場，沒看到他是怎樣眼皮都不眨一下，一刀就朝創世神亞摩砍下去的。這個人為了自己的成就可是什麼都幹得出來，神都敢砍。你們膜拜的英雄就是這種人明白嗎？」

天賜發怒地站起來說：「放肆，來人，把這狂徒拿下問斬！」立刻有兩個帶刀的侍衛進來，一左一右抓住豪凌。

豪凌又笑了幾聲，說：「可惜了，如果你不當這個王，我們本來還可以遊遍世界的。」

天賜沉默了片刻，說：「念在你對國家有功，我不問你的罪。你立刻離開這裡，不管是西域還是哪，從哪裡來到哪裡去。」

豪凌哼了一聲，甩開抓住他的兵，不回頭地往大殿外走出去。

過了兩天，愛謝來找天賜。天賜把寶物庫給她管，她整天在那裡研究寶物，天賜也有好一段時間沒見到她了。愛謝見到天賜，遞給他一張羊皮信紙。天賜自然看不懂紙上的波斯文字，便問說：「怎麼了？」

「我母親病了，想我回奧斯曼。」

天賜說：「愛謝，你也要離開我了嗎？」

愛謝說：「其實整天看著那些寶物意義也不大，現在反正你也不需要我了，我想我還是回老家去做些更有意義的事。」

天賜點點頭說：「好吧，你要走就走吧。」

接著幾天天賜躺在臥房裡，看著掛在牆上的神劍。他忽然想到，反正現在神劍也派不上用場了，不如拿去還給亞摩，物歸原主的好。於是他對大臣交代了一下宮中的事情，又準備了一輛馬車，找了一個熟識地理的車夫，拿著神劍，坐車前往天山。來到天上頂上，天賜像上次那樣，吹起仙笛。烏鵬也像上次一樣，從天上飛下來。天賜對烏鵬說他想去找亞摩，交還神劍。烏鵬說：「你等一下。」便往天上飛去。過了半天烏鵬飛下來，降落到天賜面前，對他說：「亞摩說不想見你。又說神劍不須歸還，隨你處置。」說完就飛走了。

這個局面有些出乎天賜的預料，好像他已經忘了上次亞摩說過不想再見到他的事。他恍惚著走到馬車邊，車夫問他：「陛下接著去哪？」他也好一陣沒反應過來。他想了一會兒上車說：「先回晉陽吧。」當馬車從一個個村落穿過時，天賜看著車兩邊緩緩劃過的景物，感覺很陌生，一切好像都和他的存在格格不入。他忽然覺得很奇怪，這個世界的光明和和平是他帶來的，為什麼在這個被他從黑暗裡挽救出來的世界裡，他卻好像找不到可以容身之處？仔細想一下，他感覺不到任何一個可能能帶給他溫暖的人的存在。他的人生活到現在，中間出現過的所有可能能帶給他溫暖的人，都彷彿一開始就在一個離他而去的軌道上。那麼他在人生裡所做的一切是為了什麼？

離晉陽還有兩三天的路的時候，天賜坐在車上，撫摸著神劍，忽然想到一個地方。本來在一種困惑中的思緒，想到這個地方時，忽然變得清晰了。是的，這就是他現在最想去的地方。他吩咐車夫往東海的方向走，去克刻齊城堡的遺蹟。十天後來到城堡外面，天賜拿著神劍進去，來到那個地下室，用他還帶著的寶珠打開傳送門，走進去，來到那座黑暗中的城堡。穿過那條走廊來到上回的陽臺上，遠處的城堡仍然和上次看到時一樣，亮著幽幽的火光。看著這景象，天賜煩躁的心忽然平靜了，平靜中又帶著興奮。他握緊了手中的神劍。他不知道那黑暗中有什麼，但很顯然這個世界上還有黑暗等待他去破除，他的神劍還有機會發揮威力。想到這一點讓他倍感安慰。他的人生，也許只有在黑暗中才能找到溫暖。黑暗也許是他唯一永久的朋友。

（全文完）

2

寫完這最後一段之後，田非保存了文件，把全文打了一個包，進了郵箱，把包發給一個朋友。這個遠方的朋友答應會看田非發給他的所有小說，所以田非每次寫完什麼都會隨手發給他。接著田非合上電腦，拿起手機一看，快要五點，沒有新消息。田非打開手機給小桃發了個消息：「回家了嗎？」然後放下手機，四下看了看圖書館裡正在自習的學生。因為在放暑假，來圖書館的學生不多，自習區大部分的書桌都空著。

小桃回信息過來：「嗯，到家了。他還是沒消息。」

田非便回說：「我現在過去你那裡。」

田非背上書包走出圖書館，在圖書館前面的車棚牽了車，往小桃家騎去。從賀茂大橋上經過時，田非轉頭往南看鴨川，在已顯黯淡的陽光中，鴨川的流動彷彿包含著什麼古怪的氣息。還是過了同志社往北拐，來到小桃的公寓下面，在車棚停了車上樓。按了門鈴後，小桃來開了門，讓田非進去。小桃沒有怎麼招呼他，只是像早上一樣自己在餐桌邊坐下，拿著手機看著。小桃穿著大概是去打工時穿出去的綠色裙子。

田非說：「還是沒消息嗎？」說著拉出椅子坐下。

小桃把手機遞到田非面前，田非一看，LINE上面小桃發給簡洋的十幾條消息都是未讀的狀態，最近一條是十分鐘前。田非嘆了口氣說：「中午吃了什麼了嗎？」

小桃搖頭說：「什麼也沒吃。吃不下。」

「這樣不大好。我做點什麼給你吃吧。你這裡還有什麼？」

「你要做就自己看看冰箱裡有什麼。」

田非便走到冰箱邊拉開門看了看，裡面東西還不少，有大白菜、番茄、青椒、洋蔥、雞蛋、火腿。他又打開竈臺上方的櫥子，找到了小桃他們放米麵的一格，看到一包拆了封用了一半的壽麵。田非便說：「我給你煮碗麵吧。」

「好啊。」

田非便拿起鍋燒水，把大白菜、青椒、洋蔥拿出來，在菜板上切好，等水開了就放菜和雞蛋、火腿進去，煮到快熟再下麵進去，最後用雞精、鹽、老酒調味。煮好後田非把麵盛到兩個碗裡，端到桌上。小桃放下手機，拿起筷子，一會兒沒動，然後笑說：「上次吃別人給我做的飯好像是半年前了。」

田非說：「不知道合不合你口味。」

小桃說：「你知不知道在家裡負責做飯的那個是很委屈的，因為他要考慮對方的口味，不能只做自己想吃的。」

田非笑說：「想吃別人做的飯還不容易？下次你和簡洋去我那兒做客，我再做給你們吃。以前吃了你們那麼多頓飯，也該找機會還給你們。」

小桃說：「你家那麼小，三個人根本坐不開吧。」

兩人默默吃麵。吃了一陣，田非感覺氣氛有點尷尬，還是決定找點話說。「早上聽你說你之前有過流產的經歷？」

「是啊。」小桃的表情沒有明顯的變化。

「是怎麼一回事？」

「主要是因為我太不注意，懷了三個月了還跑去和朋友打網球。結果因為一個摔倒傷到胎氣，導致流產。那時到現在過了五年，我們又試過幾次，但始終無法再懷上。男人是不是會很介意這種事？」

「要是我倒是無所謂，我應該是看重妻子勝過兒女的男的。」

「是嗎？」

正說著的時候，門外響起掏鑰匙的聲音，接著一個人用鑰匙開門，打開門進來。簡洋穿著一件條紋短袖衫，一條半長褲，一雙涼鞋，站在門外。相互一看，三人都停止了動靜。幾秒鐘後，小桃把筷子往桌上一拍，用不輕不重的語氣說：「知道回來了？我還在想你要是從此不回來了，我就跟非好了。」

田非心裡一咯噔。

簡洋笑說：「非，你怎麼在這裡？」

小桃說：「他怕我不吃飯，特意過來做飯給我吃。」

簡洋對田非一低頭說：「抱歉，讓你費心了。」說著轉身關上門，脫了鞋進來。

小桃說：「不交代一下一晚上去哪兒了嗎？」

簡洋在桌子另一邊拉出椅子坐下：「我走到大阪，走到太平洋邊上，想看看大海。那裡有一個海濱公園，我在長椅上躺著看星空，聽著海浪聲，不知不覺就睡著。醒過來時天已經亮了，想給你打個電話，卻發現手機沒電了。」

「為什麼你好像很得意的樣子？你知道我和非都打了警察的電話，差點提出了搜查請求嗎？」

「抱歉，我任性了一次。」

田非站起來說：「好了，簡洋平安回來，事件圓滿解決。這裡沒我什麼事了，我就告辭了吧。」

簡洋站起來送他說：「這次真的讓你費心了，改天請你吃飯賠罪。」

「沒問題。」

走出門外，門關上前田非回頭看了一眼，小桃還坐在桌子邊的那個位置，直勾勾地看著他，那眼神好像想表達什麼。

從車棚牽了車，田非就準備騎著回家。但到了鴨川邊上，他忽然改了主意，想在外面多晃一會兒。他便從賀茂橋旁邊的坡道下去，沿著河邊的小道往三四條的方向騎。他忽然感到夜風有點冷。他想，這個夏天也就這樣過去了。正這麼想著的時候，不知是慶祝什麼，三四條那裡忽然有人放焰火。田非就朝著焰火升起的方向騎，一邊騎一邊看著彩色的焰火在夜幕上綻開。他忽然有一種愉快的感覺，微笑著想，這個夏天不算太壞。

（全書完）

釀冒險50　PG2595

神劍傳奇

作　　者　張一弘
責任編輯　石書豪
圖文排版　黃莉珊
封面設計　劉肇昇

出版策劃　釀出版
製作發行　秀威資訊科技股份有限公司
114 台北市內湖區瑞光路76巷65號1樓
電話：+886-2-2796-3638　傳真：+886-2-2796-1377
服務信箱：service@showwe.com.tw
http://www.showwe.com.tw
郵政劃撥　19563868　戶名：秀威資訊科技股份有限公司
展售門市　國家書店【松江門市】
104 台北市中山區松江路209號1樓
電話：+886-2-2518-0207　傳真：+886-2-2518-0778
網路訂購　秀威網路書店：https://store.showwe.tw
國家網路書店：https://www.govbooks.com.tw
法律顧問　毛國樑　律師
總 經 銷　聯合發行股份有限公司
231新北市新店區寶橋路235巷6弄6號4F
電話：+886-2-2917-8022　傳真：+886-2-2915-6275

出版日期　2021年7月　BOD一版
定　　價　320元

讀者回函卡

Printed in Taiwan

國家圖書館出版品預行編目

神劍傳奇 / 張一弘作. -- 一版. -- 臺北市 : 釀出版,
2021.07
面 ; 公分. -- (釀冒險 ; 50)
BOD版
ISBN 978-986-445-476-1(平裝)

857 110009224